BASTEI
LÜBBE

Personenverzeichnis

Franziska: Ein fast normales Mädchen, die den ganz normalen Wunsch, von zu Hause auszuziehen, wahrmacht.

Matilda: Franziskas egozentrische Cousine, mit der sie nicht nur die Wohnung teilt.

Caroline: Jungfräuliche Psychologiestudentin mit einer Vorliebe für Rosa und Männer, die sie sowieso nicht bekommen kann.

Cornelius: Zunächst Matildas Freund, der nicht nur defekte Toilettenspülungen reparieren kann.

Felix: Fotograf, für den Matilda die Hüllen fallen läßt und Cornelius in die Wüste schickt.

Peggy: Felix' langbeiniges, blondes Model, Matildas härteste Konkurrenz und Carolines Freundin.

Robert: Medizinstudent mit einem unerschöpflichen Vorrat an roten Rosen.

Christian Jansen: Carolines Psychologieprofessor, der sich vor allem durch folgende Aussage hervortut: »Alle sollten sich gründlich auf die Prüfung vorbereiten. Das gilt auch für die Studentinnen, die mit mir geschlafen haben.«

Will(ibald) Renner: Carolines schmieriger Fahrlehrer.

Ferner kommen vor:

Herr Kleinschmidt: Hausmeister und Vermieter, könnte Willibalds Bruder sein.

Elsbeth Sommer: Franziskas besorgte Mutter.

Anna: Matildas Schwester.

Karl-Heinz Sommer: Franziskas brüllender Vater.

und Sigmund: Carolines neurotische Schildkröte.

Franziska stand im Badezimmer vor dem Spiegel und versuchte, eine harte und entschlossene Miene aufzusetzen. Das war gar nicht so einfach. Sie hatte nämlich eins von diesen Gesichtern, die immer zu lächeln scheinen, ganz gleich wie ernst einem zumute ist. Das lag an ihrer Stupsnase, den ständig nach oben gebogenen Mundwinkeln – und natürlich an den Sommersprossen. Sommersprossen haben immer etwas Unernstes. Es sei denn, man mag sie nicht. Aber Franziska mochte ihre.

»Ich habe vor, mir eine Wohnung zu suchen«, knurrte sie ihr Spiegelbild an. »Und an meinem Entschluß ist nicht zu rütteln.«

»Franzi«, hörte sie ihre Mutter von unten rufen. »Kommst du bitte zum Essen!«

»Ja, ich komme«, rief Franziska zurück und kniff energisch die Augenbrauen zusammen.

»Kippt mir jetzt bloß nicht vom Stuhl«, sagte sie barsch. »Ich werde ausziehen, und damit basta!« Sie strich sich energisch das glänzende, braune Haar hinters Ohr und öffnete die Badezimmertür.

»Genauso werde ich's ihnen sagen«, murmelte sie.

Es gab Filetsteaks mit Champignons und Petersilienkartoffeln, das Lieblingsgericht ihres Vaters. Franziska freute sich über seine gute Laune.

»Zum Nachtisch habe ich uns rote Grütze mit Vanillesoße gemacht«, teilte Franziskas Mutter mit.

Der Vater lächelte zufrieden.

›Nicht mehr lange‹, dachte Franziska und holte tief Luft.

»Das Filetsteak ist dir ausgezeichnet gelungen, Elsbeth«, lobte der Vater die Mutter.

»Ich will ausziehen«, erklärte Franziska unvermittelt und setzte exakt den Gesichtsausdruck auf, den sie vor dem Spiegel eingeübt hatte.

»Du willst *was*?« Franziskas Vater faltete erbost die gestärkte Damastserviette zusammen.

»Ausziehen«, wiederholte Franziska und nahm sich noch von den Kartoffeln.

Ihr Vater runzelte unwillig die Stirn.

»Was sind denn das wieder für Spinnereien?« fragte er.

Seine Frau legte ihm lächelnd die Hand auf den Arm.

»Du kennst deine Tochter doch«, sagte sie beschwichtigend. »Sie meint es nicht ernst.«

Franziska seufzte.

»Das sind keine Spinnereien«, sagte sie ärgerlich. »Sobald wir eine Wohnung gefunden haben, ziehen wir ein, Matilda, Caroline und ich.«

Der Vater lächelte überlegen.

»Nun, da könnt ihr lange suchen«, meinte er, und damit war die Sache für ihn erledigt. »Eine Wohnung, die von drei mittellosen Studentinnen bezahlt werden kann, gibt es in dieser Stadt nicht.«

Und es gab sie doch.

Aber die Wohnung war schlicht unzumutbar. Drei heruntergekommene Zimmer, Küche, Diele, Bad, dritter Stock, Altbau, nur mit Kohleöfen zu heizen. Dazu einfachverglaste Sprossenfenster, von denen die Farbe abblätterte, angeschimmelte Teppichböden und Wände, von denen die Tapete in Fetzen herabhing. Eine Ruine mitten in der Stadt!

»Hinreißend!« rief Matilda. »Die hohen Räume! Die herrliche Akustik!«

»Das Zimmer mit Balkon ist für mich«, entschied Caroline. »Ich werde es rosa streichen!«

»Diese Bruchbude zu renovieren ist eine Lebensaufgabe, und im Winter werden wir erfrieren«, seufzte Franziska. »Wie hoch, sagten Sie, ist die Miete?«

»Fünfhundert«, antwortete Herr Kleinschmidt, der Vermieter. »Drei Monatsmieten im voraus, auf vier Jahre befristet. Aber die Briketts müssen Sie sich selber aus dem Keller holen. Ich hab's im Rücken.«

»Kein Wunder bei dem Bauch«, murmelte Franziska undeutlich und seufzte noch einmal.

Dann aber dachte sie an ihren Vater und setzte beherzt ihren Namen neben Carolines und Matildas Krakel unter den Mietvertrag.

»Von mir aus können Sie sofort einziehen«, bot Herr Kleinschmidt an und überreichte Matilda die Schlüssel mit einer kleinen Verbeugung. »Ich muß jetzt mit dem Hund Gassi gehen. Bis dann.«

»Auf vier Jahre befristet«, sagte Matilda, als er gegangen war. »Gut, daß wir das wissen. Bis dahin müssen wir das Studium hinter uns gebracht haben, Mädels.«

»Oder eine neue Wohnung gefunden haben«, meinte Franziska und riß ein loses Stück grau-geblümte Tapete von der Wand. »Das scheint mir die entschieden bessere Lösung zu sein.«

Matilda war Franziskas Lieblingscousine. Ihre Väter waren Brüder und sich in jeder Beziehung ausgesprochen ähnlich. Jahrelang hatten sie in der gleichen Straße gelebt, Gartenzaun an Gartenzaun. Und Caroline hatte mit ihren Eltern nur zwei Häuser weiter gewohnt. Als kleine Mädchen waren sie unzertrennlich gewesen, wie Drillinge. Bis Matildas Mama von Franziskas despotischem Onkel die Nase voll hatte, ihre Sachen packte und mit ihrer kleinen Tochter nach Florenz ging, wo sie geboren worden war. Matildas große Schwester Anna blieb in Deutschland beim Vater zurück, und Franziska und Caroline waren nunmehr traurige Zwillinge. Bis keine zwei Jahre später Carolines Vater ein Job in Norddeutschland angeboten wurde und auch Caroline umziehen mußte. Fast zehn Jahre lang hatten sie einander nur geschrieben und sich von Zeit zu Zeit in den Ferien besucht. Jetzt würde das Studium sie wieder in Köln vereinigen. Es war beinahe zu schön, um wahr zu sein.

»Mit diesem Herrn Kleinschmidt unter einem Dach zu hausen, wird sicher auch kein reines Vergnügen werden«, meinte Franziska. »Er hat so einen klebrigen Blick. Besonders in deinen Ausschnitt, Matilda.«

Matilda zuckte mit den Schultern »Wer weiß, vielleicht ist der Ausschnitt ja dafür verantwortlich, daß wir die Wohnung bekommen haben. Und kein anderer.«

Franziska lachte. »Falls es überhaupt andere Interessenten gab!«

»Bei der spottbilligen Miete? Natürlich gab es andere Interessenten. Aber die hatten eben nicht so ein überzeugendes Dekolleté.«

Matilda war seit einem halben Jahr wieder in Deutschland und wohnte zur Zeit bei ihrer Schwester und deren Familie. Die hatten zwar ein großes Haus und genug Platz, aber Matilda sagte, sie hielte es dort keine Sekunde mehr aus.

»Sind sie nicht nett zu dir?« fragte Caroline mitleidig.

»Doch«, stöhnte Matilda. »Sogar sehr. Das ist es ja gerade. Es ist die höflichste Familie, die mir je untergekommen ist. Die Kinder schreien nicht, kleckern nicht und zanken nicht, mein Schwager lächelt den lieben langen Tag wie ein Honigkuchenpferd, und meine Schwester schwebt in ihrem lupenreinen Haushalt herum wie ein weiblicher Meister Propper. Ich werde dort noch verrückt!«

Caroline grinste, legte den roten Lockenkopf in den Nacken und schaute an die Decke.

»Das Haus muß einmal wunderschön gewesen sein. Herrliche Stuckdecken, glänzende Parkettböden und die hohen, französischen Fenster«, meinte sie träumerisch. »Ein bißchen Arbeit und Phantasie, und die Fotografen von *Schöner Wohnen* oder *Elle* werden vor unserer Tür Schlange stehen.«

Matilda fand den Gedanken gut.

»Die drei bezaubernden, jungen Studentinnen haben eine reizvolle Mischung aus alt und neu kreiert«, zitierte sie die übernächste Ausgabe von *Elle Decoration*. »Besonders das Zimmer der bildschönen, angehenden Sängerin Matilda, das auf einzigartige Weise den unwiderstehlichen Charme seiner Bewohnerin widerspiegelt ...Was ist denn das?!« Sie zeigte erschrocken auf den Boden.

»Sicher ein Kakerlak«, mutmaßte Franziska, und die Sommersprossen auf ihrer Nase wurden blaß. »Hier gibt es garantiert jede Menge Ungeziefer. Aber was soll's, wir haben endlich eine Bleibe, und das noch einen Monat vor Semesterbeginn.«

Caroline zog eine Flasche Sekt aus ihrem karierten Rucksack.

»Das müssen wir feiern«, meinte sie. »Wir haben nur keine Gläser.«

Matilda ließ sich auf dem Teppichboden nieder.

»Setzt euch«, forderte sie die anderen beiden auf. »Die Kakerlaken und Wanzen scheinen gerade eine kleine Ruhepause zu machen!«

Caroline ließ den Sektkorken knallen.

»Auf unsere erste eigene Wohnung«, rief sie und nahm einen kräftigen Schluck aus der Flasche. »Schade, daß wir nicht schon morgen einziehen können.«

»Meine Eltern glauben immer noch, daß ich schön brav zu Hause wohnen werde«, sagte Franziska und grinste. »Wenn mein Vater hört, daß ich tatsächlich ausziehe, zahlt er mir keine müde Mark mehr.«

»Wie ich meinen Onkel Karl-Heinz kenne, setzt er dich sofort mit Sack und Pack vor die Türe, und dann mußt du schon morgen einziehen«, unkte Matilda und stand wieder auf, um das Badezimmer zu benutzen. »Wenn du klug bist, sagst du es ihm erst, wenn du schon umgezogen bist.«

»Ist dein Vater wirklich so?« fragte Caroline.

»Ja«, seufzte Franziska. »Er ist auch dafür, das Wahlrecht erst ab fünfundzwanzig einzuführen. Zwanzigjährige Mädchen gehören in ihr Elternhaus, und damit basta. Er wird toben und brüllen, daß die Fetzen fliegen!«

»Meine Eltern können glücklicherweise nicht verlangen, daß ich zu Hause wohnen bleibe«, meinte Caroline zufrieden. »Man kann schlecht in Kiel wohnen und in Köln studieren!«

»Ja, die ZVS macht's möglich«, bemerkte Franziska und nahm noch einen Schluck aus der Flasche. »Ich hätte mich auch besser um einen Studienplatz in Psychologie beworben. Dann säße ich jetzt an einer kleinen Uni in Hintertupfingen, und meinem Vater bliebe nichts anderes übrig, als mir in der Einöde eine Wohnung zu mieten.«

»So ist es doch viel lustiger!« fand Caroline. »Wir drei zusammen in einer Wohnung, mitten in der Großstadt. Was meinst du, wie herrlich das wird. Erst einmal verwandeln wir dieses Dreckloch in etwas Bewohnbares. Und dann ...«

Matilda kam mit leicht verstörtem Blick aus dem Badezimmer zurück.

»Kennt einer von euch zufällig einen Klempner?« fragte sie. »Irgendwas stimmt mit der Klospülung nicht.«

»Oh, nein«, rief Franziska. »Alles, nur nicht die Klospülung! Was, wenn ich wirklich morgen schon einziehen muß?«

»Du kannst sicher Herr Kleinschmidts Toilette benutzen«, meinte Caroline und grinste. »Ich habe einen Cousin in Kiel, der ist Installateur.«

»Und der kommt mal eben in Köln vorbei, um unser Klo zu reparieren, klar. Kennst du vielleicht einen, der näher wohnt?«

»Cornelius!« schrie Matilda. »Der kann eigentlich alles! Daß der mir nicht sofort eingefallen ist.«

»Ich dachte, ihr seid verlobt«, sagte Caroline. »Du und Cornelius.«

»Verlobt! Dir geht es wohl nicht gut!« Matilda spuckte plötzlich Feuer. »Verloben ist ja wohl das Oberspießigste überhaupt. So was würde vielleicht zu Cornelius passen, aber doch nicht zu mir.«

Sie ließ sich empört wieder auf dem Fußboden nieder und nahm Franziska die Sektflasche aus der Hand. »Ich habe sowieso längst beschlossen, daß unsere Wege sich trennen werden.«

Caroline und Franziska tauschten einen besorgten Blick.

»Aber nicht, bevor unser Klo repariert ist«, flehte Caroline. »Und Waschmaschine und Herd kann er auch noch anschließen, bevor du ihn in die Wüste schickst.«

»Ich habe mir vorgestellt, daß wir mit unserer Wäsche in den Waschsalon gehen«, meinte Matilda. »Da lernt man die tollsten Typen kennen, echt!«

Franziska kicherte. »Ich bin total neugierig, den tollen Typen kennenzulernen, der es schon über ein halbes Jahr mit dir aushält.«

»Cornelius ist kein toller Typ. Spießig ist der.«

»Cornelius – klingt eigentlich überhaupt nicht so spießig«, meinte Caroline nachdenklich.

»Ist es vielleicht nicht spießig, wenn jemand mit sechsundzwanzig schon seinen Doktor hat?« fragte Matilda.

»Seinen Doktor in was?«

»Betriebswirtschaft oder Wirtschaftswissenschaften, irgend so'n trockener Kram. Ich kann es mir nie merken. Er verdient jedenfalls eine Menge Kohle damit.«

»Geld finde ich nicht unbedingt spießig«, meinte Franziska und dachte kurz an die Zukunft. »Wir könnten alle etwas mehr davon gebrauchen.«

»Aber kochfeste Unterwäsche trägt er!« rief Matilda. »Findet ihr das etwa auch nicht spießig?«

Caroline streckte ihre dünnen Beine aus.

»Besser als Leopardentangas«, meinte sie. »Oder Unterwäsche, die man zum Sauberwerden nur an die frische Luft hängen muß.«

»Baumwollripp kann sogar echt süß aussehen«, behauptete Franziska.

»Aber nicht mit Eingriff!« schnaubte Matilda. »Das darf vielleicht Herr Kleinschmidt tragen, damit er sich beim Pinkeln nicht setzen muß.«

Franziska und Caroline lachten.

»Stimmt doch! Solche Unterwäsche ist einfach eine Zumutung!« rief Matilda. »Ich trag doch auch keinen von diesen Panzer-BH's mit verstärkten Seitennähten.«

»Die gibt's auch nur ab Körbchengröße DD. So Einmannzelte.«

»Ich habe immerhin C. Achtzig C«, behauptete Matilda und griff sich an den Busen. »Wenn ich wollte, könnte ich dafür auch solche Gruseldinger auftreiben.«

Caroline seufzte. »Achtzig. Ich werde immer neidisch, wenn ich so was höre. Für meinen Busen gibt es überhaupt keine Büstenhaltergröße.«

Franziska und Matilda starrten intensiv auf Carolines T-Shirt.

»Also, ich würde sofort mit dir tauschen«, sagte Franziska, die nur unwesentlich mehr aufzuweisen hatte. »Mit einem kleinen Busen kann man all diese süßen Schlauchkleider tragen. Ich sehe darin immer aus wie eine Mülltonne.«

»So ein Quatsch«, widersprach Caroline. »Du siehst in nichts aus wie eine Mülltonne. Aber wenn ich so ein enges Teil trage, fühle ich mich wie eine dünne Siedewurst. In Eigenhaut.«

»Du bist zu klein für eine Siedewurst.«

»Also, ich mag meinen Busen genauso wie er ist«, sagte Matilda und rekelte sich zufrieden.

»Herrn Kleinschmidt hat er auch gefallen.«

»Darauf trinke ich. Auf Herrn Kleinschmidt!« Caroline nahm den letzten Schluck aus der Flasche. »Nein, auf uns und darauf, daß wir hier bald einziehen können.«

* * *

Drei Tage später ging Carolines Wunsch in Erfüllung.

Wie Matilda es vorausgesagt hatte, tobte und brüllte Franziskas Vater nicht nur, als er von ihren Auszugsplänen erfuhr, sondern stellte sie vor die Wahl, die Sache entweder sofort rückgängig zu machen oder auf der Stelle auszuziehen und nie wieder einen Pfennig von ihm zu sehen.

»Du bist doch noch ein Kind!« brüllte er. »Diese Grillen hat dir deine Cousine in den Kopf gesetzt, das frühreife Früchtchen!«

»In zwei Monaten werde ich zwanzig«, entgegnete Franziska, obwohl er das eigentlich hätte wissen müssen.

»Als ob du es hier zu Hause nicht gut hättest«, rief der Vater. »Du hast ein schönes, großes Zimmer, ein Auto, genug Taschengeld, und deine Mutter kocht und wäscht und trägt dir alles hinterher. Warum solltest du so dumm sein und das aufgeben?«

»Weil ich einfach mal ausprobieren will, wie es ist, auf sich gestellt zu sein«, sagte Franziska. »Verstehst du das denn nicht?«

»Nein!« schrie der Vater. »Das kannst du noch früh genug ausprobieren. Jetzt würde das ein schönes Fiasko geben. Du, deine abgedrehte Cousine und die zarte, kleine Caroline in einer Wohnung!«

»Warum sollte das jetzt anders sein, als in fünf oder zehn Jahren?« fragte Franziska. Sie spürte, wie die Wut langsam in ihr hochkroch.

»Du kannst doch gar nichts allein! Noch nicht mal deine Wäsche waschen. Wir tragen dir doch noch deinen Hintern hinterher!« schrie der Vater.

Jetzt platzte Franziska aber auch der Kragen.

»Und wer, bitte, hat mich jemals gefragt, ob ich das überhaupt will?« brüllte sie zurück. »Es wird höchste Zeit, daß ich das alles lerne. Und wenn du es auch nicht glauben magst: Eine Waschmaschine zu bedienen, das ist heutzutage so einfach, daß es sogar mir gelingen wird.«

Außerdem gibt es Waschsalons, fügte sie in Gedanken hinzu. Da lernt man nettere Typen kennen als bei Mama in der Waschküche.

»Wenn du ausziehst«, schrie der Vater wütend, »bekommst du nicht einen Pfennig mehr von mir. Du bist dann sowieso schneller wieder hier, als du dir träumen läßt!«

»Karl-Heinz«, sagte Franziskas Mutter. »Bitte *etwas* leiser.«

Franziska schüttelte aufgebracht den Kopf.

»Ich könnte den Unterhalt sogar einklagen, du Erpresser«, rief sie. »Aber ich will überhaupt kein Geld von dir. Das kannst du dir sonstwohin schieben.«

»Franzi!« murmelte die Mutter vorwurfsvoll.

»Du kannst es dir jetzt überlegen!« brüllte der Vater und schlug mit der Faust auf den Tisch. »Entweder du machst die Geschichte mit der Wohnung rückgängig und entschuldigst dich für deine Ungezogenheiten, oder du verläßt auf der Stelle dieses Haus.«

Franziska kniff die Lippen zusammen und schüttelte den Kopf.

»Dann kannst du sehen, wo du bleibst«, knurrte der Vater.

Wenn er knurrte, statt zu brüllen, war er in der Regel so wütend, daß er nicht mehr in der Lage war, die zum Brüllen nötige Luft in seine Lungen zu pumpen. »Heute abend will ich dich hier nicht mehr sehen.«

Er schob seinen Stuhl nach hinten, stand auf und stapfte wütend in sein Arbeitszimmer. Die Tür warf er mit einem donnernden Knall hinter sich ins Schloß.

Einen Augenblick lang herrschte absolute Stille.

»Was hast du dir nur dabei gedacht?« fragte Franziskas Mutter. »Du kennst ihn doch.«

»Ja«, seufzte Franziska.

»Wenn du zu ihm gehst und dich entschuldigst, verzeiht er dir bestimmt«, meinte die Mutter.

»Liebste Mama, versteh doch endlich«, sagte Franziska mit Nachdruck. »Erstens gibt es nichts zu verzeihen, und zweitens muß ich dann hier wohnen bleiben, bis ich meine dritten Zähne kriege.«

Und obwohl sie ihre Eltern im Grunde sehr liebte und keinen Schimmer hatte, wie sie sich von nun an über Wasser halten sollte, ging sie in ihr Zimmer und packte.

Anschließend rief sie ihre Cousine an.

»Was? Heute schon?« rief Matilda begeistert.

»Bis heute abend muß ich hier verschwunden sein«, erklärte Franziska. »Ich weiß nur nicht wie.«

»Warte ein bißchen, dann komme ich und hole dich ab«, versprach Matilda.

Franziska trug ihre gesamte Habe in der Einfahrt zusammen. Glücklicherweise regnete es nicht. Ihr Vater hatte sich im Arbeitszimmer eingeschlossen und ließ sich nicht blicken.

»Du könntest wenigstens im Haus warten, Franzi«, sagte ihre Mutter vorwurfsvoll und weigerte sich, ihr beim Tragen zu helfen. »Was sollen denn die Nachbarn denken?«

Franziska legte ihren Teddybären auf eine Kiste mit Büchern und blitzte ihre Mutter gereizt an: »Von mir aus sollen sie denken: Sieh an, sieh an, bei Sommers wird die Tochter aus dem Haus geschmissen!«

Die Mutter seufzte. »Du hast genauso einen Dickkopf wie dein Vater. Es wird Wochen dauern, bis er wieder mit dir spricht.«

Franziska grinste ein bißchen.

»Vielleicht schafft er es rechtzeitig zu Weihnachten.«

Franziskas Mutter seufzte noch einmal. »Als dein Bruder damals den Wehrdienst verweigert hat, hatten wir das gleiche Theater, weißt du noch?«

Sie besah sich das Chaos auf der Einfahrt: Franziskas Bücher, Klamotten, Hüte, Bettzeug, Stereoanlage, Schaukelstuhl, Kleiderständer, Jonglierbälle und -keulen, Fotoalben, Gitarre, Zimmerlinde, alles wild neben- und übereinander.

»Wenn du unbedingt mal von zu Hause weg willst, dann wäre ein betreutes Studentenwohnheim das Richtige für dich.«

Franziska sagte nichts. Es war sowieso zwecklos.

»Worauf willst du überhaupt schlafen?« fragte die Mutter.

»Auf meinem Bett, wenn du mir helfen würdest, es die Treppe runterzutragen!«

»Ausgeschlossen, Franzi«, meinte die Mutter. »Das würde mir dein Vater niemals verzeihen.«

»Dann lege ich mich eben auf den verschimmelten Teppichboden«, sagte Franziska laut und nickte einer Nachbarin, die auf dem Bürgersteig vorüberging, freundlich zu.

»Du könntest wenigstens versuchen, die Matratze mitzunehmen«, schlug die Mutter vor. »Du holst dir sonst was an der Blase.«

»Das sieht dir ähnlich«, rief Franziska. »Ich soll mir lieber einen Bruch heben, als es an der Blase zu kriegen!«

»Psssst!« zischte die Mutter. »Wenn du mich fragst, mußt du sowieso zwei Drittel von deinen Sachen hierlassen, weil ihr das im Leben nicht wegschaffen könnt!«

Aber da hatte sie nicht mit Matilda gerechnet. Keine zwei Stunden nach ihrem Telefonat mit Franziska bog ein Kleinlaster um die Ecke und hielt direkt vor dem Haus.

»Bin ich nicht großartig?« schrie Matilda, und sprang aus der Beifahrertüre wie ein Kastenteufelchen. »Hiermit fahren wir deinen und meinen Krempel mit einer einzigen Fuhre zu unserem neuen Domizil!«

Ein gutaussehender Junge mit dunklen Locken stieg auf der Fahrerseite aus. Franziska musterte ihn überrascht. Spießig sah der jedenfalls nicht aus.

»Das ist Cornelius«, stellte Matilda vor. »Der hat auch den Laster organisiert. Gar nicht so einfach, an einem Sonntag. Cornelius, das ist meine Tante Elsbeth, und das ist Franziska. Onkel Karl-Heinz wird sich irgendwo versteckt haben und schmollen.«

Cornelius schüttelte Franziskas Mutter wohlerzogen die Hand und lächelte Franziska aufmunternd zu. Dann begann er kommentarlos die Einfahrt leerzuräumen. Franziska fühlte sich gleich besser.

»Dein Cornelius ist toll«, flüsterte sie Matilda zu. »Und er sieht total süß aus.«

»Ja, für so was ist er wirklich gut zu gebrauchen«, flüsterte Matilda zurück. »Aber denk an seine Unterwäsche!«

Cornelius bückte sich nach einer Bücherkiste.

»Bei so einem Hintern ist die Unterwäsche eigentlich völlig egal«, fand Franziska.

»Das kommt vom Schwimmen«, erklärte Matilda. »Er spielt Wasserball.«

Franziskas Mutter tippte Cornelius auf die Schulter.

»Meinen Sie, daß Sie Franzis Bett aus ihrem Zimmer tragen können?« fragte sie. »Ich fürchte, sie wird sonst auf dem Boden schlafen.«

»Das dürfte kein Problem sein«, sagte Cornelius.

Tatsächlich hatte er das Bett in ein paar Minuten auseinandergeschraubt und samt Matratze verladen. Es dauerte keine halbe Stunde, und der Lastwagen konnte sich wieder auf den Weg machen.

Franziska saß neben Matilda auf dem Beifahrersitz und hielt ihren Teddybären fest an sich gedrückt. Sie kämpfte ein bißchen mit den Tränen.

»Sieh mal, Tante Elsbeth winkt«, sagte Matilda.

Franziska schaute aus dem Fenster und winkte zurück. »Die Arme. Jetzt ist sie ganz allein mit meinem Papa.«

»Der wird sich schon wieder beruhigen«, meinte Matilda. »Cornelius, halt da vorne an der Telefonzelle, ja? Wir müssen Caroline in Kiel anrufen.«

Cornelius parkte am Straßenrand, und Franziska, Matilda und der Teddybär quetschten sich in die Telefonzelle.

Caroline war über die rasante Entwicklung ihrer Pläne sehr erfreut.

»Ihr könnt unmöglich ohne mich in dieser Bruchbude hausen«, meinte sie aufgeregt. »Ich komme morgen mit dem Zug.«

»Und was ist mit deinen Möbeln?«

»Was für Möbel?« fragte Caroline. »Ein Koffer mit dem Nötigsten wird ja wohl genügen. Ruf mich heute abend noch mal an. Dann weiß ich, wann mein Zug in Köln ankommt.«

»In Ordnung«, sagte Franziska, und legte auf.

Matilda tanzte begeistert vor der Zelle auf und ab.

»Jetzt holen wir noch das Klavier und meinen anderen Krempel bei meiner Schwester ab!« rief sie und fiel Franziska um den Hals. »Ach, ich freu mich so!«

»Weißt du was?« fragte Franziska, als wäre sie über sich selbst erstaunt. »Ich freu mich auch!«

* * *

»Es sieht so aus, als würden die neuen Mieter aus dem dritten Stock schon einziehen«, sagte Robert und lehnte sich aus dem Fenster der Dachwohnung.

»Und wie sehen die aus?« fragte Felix und rührte sich nicht von der schwarzen Couch weg, auf die er sich ausgestreckt hatte. Seine Augen waren geschlossen, und auf seinem Kopf lag ein Müllbeutel mit Eiswürfeln.

»Nicht übel«, antwortete Robert und pfiff anerkennend durch seine Zähne. »Die mit dem schwarzen Wuschelkopf ist höchstens zwanzig, genau dein Typ. Beine, so hoch wie der Eiffelturm. Wow. Und da ist da noch eine Kleinere mit einem Teddy im Arm. Mehr der Mit-mir-kann-man-Pferde-stehlen-Typ, aber ziemlich süß.«

»Wie süß?« wollte Felix wissen.

»Schlank, gute Figur, braune, glatte Haare, großer Mund. Soweit ich es von hier oben erkennen kann, würde ich sagen: achteinhalb von zehn möglichen Punkten.«

»Lauter hübsche Mädels? Das wär ja zu schön, um wahr zu sein!« brummte Felix von seiner Couch.

»Leider ist da noch ein Typ. Ziemlich gutaussehend.«

Robert lehnte sich noch weiter aus dem Fenster. »Scheint aber ein Idiot zu sein. Der versucht doch wahrhaftig, ganz allein ein Klavier aus dem Wagen zu zerren.«

»Ein Klavier!« Felix setzte sich mühsam auf. »O mein Gott, wo ist das Aspirin?«

»Das kann man ja nicht mit ansehen!« meinte Robert und drehte sich um. »Der arme Kerl und zwei schwache Mädchen im Kampf mit einem Klavier. Ich geh mal und spiele den Möbelpacker.«

»Tu das«, meinte Felix. »Ich würde ja auch helfen, wenn mein Kopf nicht so schmerzen würde. Sag mal, hast du noch ein Aspirin für mich?«

»Jetzt nicht!« sagte Robert und zog die Tür hinter sich zu.

Es sah tatsächlich so aus, als würde Cornelius den Kampf mit dem Klavier nicht gewinnen. Er und Franziska hielten den Klimperkasten mit Mühe auf der Laderampe fest und wußten nicht mehr vor und zurück.

»Herr Kleinschmidt«, sagte Matilda mit äußerst gewinnendem Lächeln zu dem Vermieter, der in der Haustüre stand und zuschaute. »Guten Tag! Prima, daß Sie zu Hause sind. Da können Sie uns gleich helfen, das Klavier in den dritten Stock zu tragen.«

Herr Kleinschmidt lächelte verschlagen.

»Ich würd' ja gern«, sagte er, »aber mit meinem Rücken? Nee. Bedauere.« Damit verschwand er schleunigst in seiner Wohnung im Erdgeschoß.

»Ein echter Kavalier!« sagte Matilda empört.

»Er hat sicher deinen tiefen Ausschnitt vermißt«, keuchte Franziska. »Ich kann nicht mehr! Gleich werde ich unter dem Klavier begraben. Kein schöner Tod.«

»Halt noch ein bißchen durch«, flehte Cornelius und kämpfte mit dem Tragegurt, den er ums Klavier geschlungen hatte. »Matilda, kannst du nicht mal mit anfassen?«

Genau in diesem Augenblick kam Robert die Treppe im Hausflur herab.

»Kann ich helfen?« fragte er und grinste freundlich.

»Ja«, sagte Cornelius erleichtert. »Du kannst Franziska ablösen, damit wir das Ding endlich die Rampe runterkriegen.«

Franziska ließ bereitwillig los und sah den Neuankömmling von der Seite an. Er sah nett aus. Ein bißchen wie Til Schweiger.

»Wohnst du hier im Haus?« fragte sie, während die Jungs das Klavier in den Hauseingang wuchteten.

»Ja, unterm Dach«, ächzte der Til-Schweiger-Typ. »Ich heiße Robert.«

»Ich bin Franziska«, sagte Franziska. »Und das ist meine Cousine Matilda. Ihr gehört das Klavier. Sie studiert Musik. Erstes Semester.«

»Aha«, keuchte Robert. »Ich studiere Medizin. Viertes Semester.«

»Und das ist Cornelius, Matildas Freund.«

»Aha«, schnaufte Robert wieder.

Das Klavier schien wirklich höllisch schwer zu sein.

»Aber er wird nicht mit einziehen!« rief Matilda von unten, und Cornelius runzelte verärgert die Stirn.

»Robert! Der ist ja vielleicht süß!« flüsterte Matilda Franziska zu. »Was meinst du, schwul oder verheiratet?«

»Das werden wir gleich wissen!« meinte Franziska,

nahm einen Koffer aus dem Lastwagen und folgte dem Klavier die Treppe hinauf.

Matilda ging mit dem Kleiderständer und Franziskas Gitarre hinterher.

»Wohnst du alleine hier?« fragte Franziska dreist, als Cornelius und Robert mit dem Klavier in die Kurve vom ersten Stock gingen.

»Nein. Zusammen mit meinem Freund Felix«, antwortete Robert. »Puh. Ich fürchte, ich muß mal absetzen.«

Matilda stieß Franziska den Kleiderständer in die Rippen.

»Na, ich sag doch, der ist schwul!« zischte sie.

Cornelius und Robert setzten das Klavier im ersten Stock ab, um eine kleine Verschnaufpause einzulegen.

»Nein, nicht schwul«, sagte Robert zu Matilda. »Ehrlich.«

Matilda wurde rot.

»Hätte ja sein können«, stotterte sie.

»Das kann dir ja auch egal sein«, mischte sich Cornelius gereizt ein.

»Studiert dein Freund Felix auch Medizin?« fragte Franziska.

»Nein.« Robert schüttelte den Kopf. »Felix ist Modefotograf.«

»Tatsächlich?« fragten Matilda und Franziska gleichzeitig.

Cornelius schnaubte verärgert durch die Nase.

»Tatsächlich?« äffte er die beiden nach.

»Und was machst du?« wollte Robert von Franziska wissen und zeigte auf ihre Gitarre. »Studierst du auch Musik?«

»Ich studiere Sport«, antwortete Franziska. »Ab übernächste Woche.«

»Los, weiter geht's!« Cornelius wurde ungeduldig.

Er, Robert und das Klavier setzten sich wieder in Bewegung. Als sie im zweiten Stock erneut eine Pause einlegten, fragte Robert: »Zieht ihr beiden hier allein ein?«

»Nein«, sagte Franziska. »Wir sind zu dritt. Caroline kommt morgen aus Kiel.«

»Sie studiert Psychologie«, setzte Matilda erklärend hinzu. »Äh, wie alt ist eigentlich dein Freund, der Fotograf?«

Cornelius warf ihr einen wütenden Blick zu.

»Siebenundzwanzig«, antwortete Robert und grinste. »Und auch nicht schwul.«

»Möchtest du vielleicht noch seine Schuhgröße wissen, oder können wir langsam mal weitermachen?« Cornelius ruckte mit dem Tragegurt.

Robert erhob sich wieder. Matilda stieß Franziska noch einmal mit dem Kleiderständer in die Seite.

»Ich glaube, wir haben echt einen Glücksgriff mit dieser Wohnung getan. Ein Modefotograf und ein Medizinstudent im Dachgeschoß!«

»Und Herr Kleinschmidt und sein Hund im Erdgeschoß«, erinnerte Franziska sie. »Ich bin sehr gespannt, wer im ersten und zweiten Stock wohnt, du nicht?«

»Besser kann es jedenfalls kaum werden!« flüsterte Matilda. »Außer Brad Pit wohnt dort.«

»Oder Keanu Reeves«, fügte Franziska hinzu.

Oben schloß Matilda die Wohnungstüre auf.

»Willkommen in unserem neuen Domizil!« rief sie und machte eine einladende Geste mit den Armen.

Robert und Cornelius stellten das Klavier im Flur ab.

»Das hätten wir schon mal geschafft«, sagte Cornelius erleichtert und sah sich neugierig um.

Er musterte den verschimmelten Teppichboden, die klobigen Kohleöfen, die abgerissenen Tapeten, die bröckeligen Decken mit wachsendem Entsetzen. Dann sagte er eine ganze Weile gar nichts mehr.

»Ich hatte es gar nicht so schlimm in Erinnerung«, flüsterte Matilda.

»Ich schon«, behauptete Franziska und riß die Fenster auf. Eine Menge uralte Farbe rieselte auf den Boden.

»Wenn ihr euch ranhaltet, könnt ihr in ein paar Wochen einziehen«, meinte Robert. »Ich kenne da einen Malermeister, der nimmt nicht viel.«

»Wir ziehen schon heute ein«, sagte Franziska energisch. »Und wir renovieren auch selber!«

»Es sei denn, du kennst einen Klempner«, wandte Matilda ein. »Die Klospülung ist nämlich kaputt. Oder kannst du die dir mal angucken, Corni?«

»Ich träum' das alles doch nur«, sagte Cornelius immer noch fassungslos. »Kein normaler Mensch kann ernstlich in eine solche Wohnung ziehen wollen.«

»Wir schon«, murmelte Franziska. »Aber wir sind ja auch nicht normal.«

* * *

Die erste Nacht in der neuen Wohnung wurde ziemlich schrecklich. Cornelius hatte mit Roberts freundlicher Hilfe ihre Betten zusammengeschraubt und nebeneinander in den am wenigsten verschimmelten Raum gestellt.

»Bei dem Viehzeug hier werdet ihr froh sein, nicht allein zu schlafen«, behauptete er.

Matildas Bett war aus Eisen, hatte ein verschnörkeltes Kopfteil und ein Gestell aus vier Pfosten mit Querstreben für einen Himmel. Es war genauso breit wie lang, und Franziskas Korbbett wirkte daneben klein und mickrig.

»Wozu braucht ein Mensch alleine ein solches Bett?«, fragte Robert. »Ich wette, da haben früher ganze Familien drin genächtigt.«

»Manchmal braucht man so viel Platz«, meinte Matilda und grinste Cornelius vielsagend an.

Cornelius sah verständnislos zurück. Dann untersuchte er kopfschüttelnd die Klospülung.

»Hier kann nur noch ein Klempner helfen«, sagte er ernst.

Franziska und Matilda stöhnten entsetzt.

»Ihr könnt unser Badezimmer benutzen«, bot Robert liebenswürdig an, aber da beugte sich Cornelius doch noch einmal zähneknirschend über die Kloschüssel.

»Naja, provisorisch wird das schon ein paar Tage gehen«, meinte er finster und griff nach seinem Werkzeugkasten.

Matilda stieß Franziska in die Rippen.

»Funktioniert doch alles prima«, flüsterte sie.

»Irgendwie bist du gemein«, flüsterte Franziska zurück. »So einen wie Cornelius hast du gar nicht verdient.«

»Ich weiß«, sagte Matilda und grinste zufrieden.

Als die Klospülung notdürftig repariert war, dämmerte es bereits. Robert wollte gehen.

»Ich muß doch mal sehen, wie es Felix geht«, sagte er. »Er hat eine schwere Nacht hinter sich.«

»Vielen Dank für deine Hilfe«, meinte Franziska, und Matilda schenkte ihm ihr strahlendstes Lächeln.

»Ja«, gab Cornelius widerwillig zu. »Ohne dich hätten wir den Krempel noch nicht hier oben.«

»Ich hab's gern getan«, sagte Robert und lächelte allen noch einmal zu. »Man sieht sich.«

»Vermutlich täglich«, meinte Cornelius ärgerlich, als die Tür hinter Robert geschlossen war. »Ihr lebt hier in so desolaten Zuständen, daß es dafür immer einen Grund geben wird. Und was soll das heißen: Felix hat eine schwere Nacht hinter sich?«

Matilda zuckte gereizt mit den Schultern.

»Jetzt, wo Robert weg ist, kannst du ja beruhigt nach Hause fahren«, schlug sie vor.

Cornelius schaute gekränkt drein.

»Du hast uns wirklich sehr, sehr, sehr geholfen«, meinte Franziska schnell. »Ich weiß gar nicht, was wir ohne dich getan hätten.«

»Das weiß ich allerdings auch nicht«, sagte Cornelius. »Ich fahr' jetzt den LKW weg und komme morgen abend nach der Arbeit mal vorbei. Vielleicht bringe ich jemanden mit, der die Klospülung in Ordnung bringt.«

»Mach das«, sagte Matilda und küßte ihn flüchtig zum Abschied. »Du bist wirklich sehr lieb.«

»Und du bist ein Biest«, meinte Franziska, als die Tür hinter Cornelius ins Schloß gefallen war.

»Ja, und?« Matilda ließ sich auf ihr Bett fallen und sah zufrieden an sich herab. »Männer mögen das. Die lieben mich, *weil* ich so richtig ekelhaft bin.«

»Ich glaube nicht, daß es daran liegt«, meinte Franziska und musterte ihre schöne Cousine von oben bis unten.

Matilda war knapp einen Meter achtzig groß, hatte lange schlanke Beine, schmale Hüften und einen runden Busen. Das Gesicht unter den kurzgeschnittenen schwarzen Locken wirkte im Augenblick sehr jung und mädchenhaft, aber Franziska wußte, daß Matilda auch ganz anders aussehen konnte, wenn sie wollte. Sie hatte einfach das gewisse Etwas, das Männer mochten.

»So ekelhaft bist du gar nicht«, sagte sie freundlich.

»Nein?«

»Nein.«

»Schade«, meinte Matilda und grinste. »Aber, was nicht ist, kann ja noch werden. Hast du Cornelius Gesicht gesehen, als er die Wohnung betreten hat?«

»Ja«, kicherte Franziska. »Ein Fall für die versteckte Kamera.«

»Hier sieht's wirklich schlimm aus.«

»Aber nicht mehr lange.«

Draußen dämmerte es bereits.

»Wo ist denn hier Licht?« fragte Franziska und tastete sich an der Wand entlang.

Es gab keins. Nicht mal eine Glühbirne. Draußen wurde es schneller dunkel, als ihnen lieb war. Glücklicherweise fanden sie Streichhölzer, mit denen sie die Kerzen in Franziskas schmiedeeisernem Kerzenständer anzünden konnten, den sie immer dort hin trugen, wo sie sich gerade aufhielten.

»Irgendwie gemütlich, findest du nicht?« nuschelte Matilda, als sie sich bei Kerzenschein gemeinsam die

Zähne putzten. Statt einer Antwort, spuckte Franziska einen dicken Klecks Zahnpasta ins Waschbecken.

Das Abendessen fiel aus. Stattdessen kuschelten sie sich in ihren Betten unter die Decken. Die Kerzen warfen riesige, zuckende Schatten an Wand und Decke.

»Irgendwie gemütlich«, wiederholte Matilda, aber es klang schon weit weniger überzeugt.

»So sieht man wenigstens die Spinnen und Kakerlaken nicht«, antwortete Franziska. »Gute Nacht, Matilda.«

»Gute Nacht.« Matilda pustete die Kerzen aus und zog sich die Decke bis zum Kinn. »Bis morgen früh.«

Ganz in der Nähe raschelte etwas. Sie setzten sich mit einem Ruck wieder auf.

»Was war das?«

»Ein Riesenkakerlak oder eine Maus oder eine Ratte«, flüsterte Franziska in der Dunkelheit.

»Eine Ratte?«

»Warum nicht?«

Es raschelte noch einmal, diesmal näher.

»Ich halt das nicht aus!« zischte Matilda. »Mach' Licht!«

»Sehr witzig. Ich weiß nicht mal, wo die Streichhölzer liegen.«

Matilda biß sich auf die Lippen.

»Wenn es eine Ratte ist«, meinte sie nach einer Weile listig, »dann kann sie an den glatten, rutschigen Eisenbeinen meines Bettes nicht hochklettern. Wohingegen so ein Korbbett wie eine Leiter für eine Ratte ist ...«

Es raschelte wieder.

»Iiiiiiiiiiih«, kreischte Franziska und sprang mit ihrem Bettzeug zu Matilda hinüber.

»War sie bei dir?« rief Matilda aufgeregt. »War es eine Ratte?«

Franziska wickelte sich zitternd in ihr Plumeau.

»Weiß ich doch nicht. Meinst du, ich warte, bis sie in mein Bett hüpft?« flüsterte sie. »Jedenfalls kriegen mich keine zehn Pferde mehr hier raus, daß du das weißt!«

»In Ordnung«, murmelte Matilda zufrieden und rückte noch ein bißchen mehr zur Bettmitte. Dort stieß sie auf etwas Weiches, Behaartes.

»Uuuuuuuuh! Hier hockt sie! Eine riesige Ratte! Hilfe!!!«

»Das ist mein Teddy, du Dumme!« kicherte Franziska.

Matilda kicherte auch. »Das hätte mich auch gewundert. Eine Ratte mit Mütze und selbstgestricktem Pullover!«

Es raschelte noch einmal, diesmal direkt unter dem Bett. Franziska kuschelte sich noch enger an Teddy und Cousine.

»Gute Nacht.«

»Gute Nacht«, flüsterte Matilda.

»Hoffentlich wird es bald hell«, murmelte Franziska.

* * *

»Bananen, Joghurt, Zahnpasta, Buttermilch, igitt, ein Kasten Wasser, Tapete, Kleister, Wandfarbe, Mausefallen, die Vorlesungsverzeichnisse und Caroline«, listete Franziska auf. »Habe ich was vergessen?«

»Wir brauchen noch den alten Campingkocher von zu Hause, einen Telefonanschluß und etwas gegen Schimmel und Kakerlaken«, ergänzte Matilda. »Buttermilch ist übrigens sehr gesund. Und macht schön. Solltest du auch mal probieren.«

»Telefon und Anti-Schimmel-Zeug« notierte Franziska. »Haben wir jetzt alles?«

Matilda las den Zettel noch mal durch. »Das ganze Tapezier- und Streichzeug wie Spachtel, Pinsel, Rollen, Tapeziermesser und so was kann Cornelius besorgen, hat er gesagt. Herd, Kühlschrank und den anderen Küchenkram suchen wir über Kleinanzeigen in der Zeitung. Ich glaube, dann haben wir alles.«

»Ich bin mir nur nicht sicher, ob man nicht zuerst den Boden und dann die Wände renoviert.«

Matilda hob die Schultern. »Ist das nicht egal?«

»Keine Ahnung. Aber dein Cornelius wird sich da auskennen. Es gibt sicher nichts, was er nicht weiß.«

»Wir werden eine Menge Geld brauchen«, seufzte Matilda. »Ich werde wohl mein Sparbuch plündern müssen.«

»Ich auch«, sagte Franziska. »Und dann brauche ich einen Job. Aber darüber will ich heute noch nicht nachdenken. Los, laß uns jetzt gehen.«

Als sie an den Briefkästen im Hausflur vorbeikamen, trafen sie auf einen schlanken, ganz in Schwarz gekleideten Mann mit langen, dunkelblonden Haaren. Er stand mit dem Rücken zu ihnen und angelte mit einer Gabel Post aus einem der Briefschlitze.

»Guten Morgen«, sagte Franziska mißtrauisch.

Der Mann drehte sich um. Er hatte ein schmales Gesicht mit einer großen, gebogenen Nase und einem leuchtend blauen Augenpaar, mit dem er die beiden Mädchen gründlich von oben bis unten musterte.

»Morgen«, erwiderte er dann gleichgültig, wandte sich wieder um und fuhr fort, durch den Briefkastenschlitz nach Post zu angeln.

Matilda blieb wie vom Blitz getroffen hinter ihm stehen. Franziska mußte sie mit Gewalt zur Haustür hinaus auf den Bürgersteig schubsen.

»Was ist denn mit dir«, zischte sie.

Matilda griff sich mit einer dramatischen Geste an die Brust.

»Mein Herz«, hauchte sie. »Ooooh, was für ein Mann!«

»Wer? Die Hakennase mit der Gabel?«

»Hast du diese Augen gesehen?« seufzte Matilda. »Ich wette, das war Felix, der Modefotograf. Ein echter Künstlerblick.«

»Warum hat er mit einer Gabel im Briefkasten herumgestochert?« fragte Franziska. »Wenn du mich fragst, der hatte sie nicht mehr alle. Und gut ausgesehen hat er auch nicht.«

»Hat er doch«, widersprach Matilda. »Das ist eben keiner von diesen kindischen Knaben, sondern ein richtiger Mann!«

Franziska zog Matilda in Richtung U-Bahn.

»Und unsympathisch war er auch«, fand sie. »Arrogant und eingebildet! Wie der uns gemustert hat!«

»Ja, genau!« rief Matilda begeistert. »Dieser Blick ist mir durch den ganzen Körper gefahren. Wie ein Blitz.«

Franziska mußte lachen.

»Liebe auf den ersten Blick«, schrie Matilda. »Das war es!«

»Oh, da wird sich Cornelius aber freuen«, meinte

Franziska. Matilda tanzte über den Bürgersteig, als hätte sie nichts gehört.

* * *

»Natürlich renoviert man zuerst die Wände und verlegt dann den Boden«, erklärte Caroline. »Das ist doch logisch.«

Franziska legte Bananen, Buttermilch und Joghurts in eine Kiste in der Küche.

»Die Tapete und die Farbe haben viel mehr gekostet, als ich gedacht habe«, sagte sie sorgenvoll. »Und es reicht bestimmt noch nicht.«

»Ja«, Caroline nickte. »Billig wird das alles nicht. Der Boden wird sicher auch noch einiges kosten.«

Franziska betrachtete den verschimmelten Teppichboden.

»Vielleicht ist darunter ja total tolles Parkett oder superschöner alter Fliesenboden. Was meinst du, Matilda? Matilda?«

Matilda starrte gedankenverloren aus dem Fenster.

»Jaja«, murmelte sie geistesabwesend.

»Du hörst ja überhaupt nicht zu«, beschwerte sich Caroline.

»Sie ist mit ihren Gedanken bei einem Typ mit ungewaschenen Haaren und Hakennase«, erklärte ihr Franziska. »Er wohnt hier im Haus.«

»Iiih«, machte Caroline.

»Die waren nicht ungewaschen! Nur lang.« Matilda erwachte aus ihrer Träumerei. »Männer mit langen Haaren finde ich wahnsinnig erotisch.«

»Da bin ich ja mal gespannt.« Caroline öffnete den großen Nähkorb aus Weide, der zusammen mit einer Reisetasche bescheidenen Ausmaßes ihr gesamtes Gepäck ausmachte.

»Ich muß euch auch noch jemanden vorstellen«, sagte sie und zog eine große Schildkröte aus dem Korb. »Das ist mein Freund Sigmund.«

Sigmund ruderte mit seinen Beinchen.

»Er ist sehr lieb«, erklärte Caroline. »Und er frißt nicht viel.«

Franziska grinste. »Ich hoffe, er bellt nicht.«

»Frißt er vielleicht Ratten?« fragte Matilda hoffnungsvoll.

Caroline setzte Sigmund vorsichtig auf den Boden.

»Er ist sehr unkompliziert«, behauptete sie. »Hauptsache, er bekommt genug Futter, Wärme und Auslauf.«

Sigmund setzte sich langsam in Bewegung.

»Auslauf hat er hier genug«, meinte Franziska und sah dem Schildkröterich hinterher. »Laut Mietvertrag haben wir fünfundachtzig Quadratmeter. Das sind übrigens auch fünfundachtzig Quadratmeter Bodenbelag, die wir bezahlen müssen. Ich frage mich echt, wovon.«

Matilda riß brutal an einer Ecke des Teppichbodens. Darunter war etwas Undefinierbares, Kackbraunes. Sie klopfte mit den Fingerknöcheln dagegen.

»Scheint Holz zu sein«, sagte sie. »Da habt ihr euer Parkett.«

Caroline und Franziska zogen gemeinsam am Teppichboden. Darunter war wirklich Holz. Kackbraun lackiert und mit Teppichkleber beschmiert.

»Man müßte es abschleifen oder so«, meinte Caroline

zögernd. »Vielleicht kommt darunter dann was Schönes zum Vorschein.«

»Vielleicht auch nicht«, sagte Franziska skeptisch. »Wo bleibt eigentlich dein Cornelius, Matilda?«

»Was für ein Cornelius?« fragte Matilda und starrte wieder aus dem Fenster.

»Mit dir ist wirklich nichts anzufangen«, schimpfte Franziska. »Nur wegen dieser arroganten Hakennase.«

»Ob es ihm genauso gegangen ist?« fragte Matilda versonnen. »Ein Blick, der sein Leben verändert hat!«

»Wie romantisch«, seufzte Caroline.

Franziska schüttelte den Kopf.

»Wenn du Matilda so gut kennen würdest wie ich, wüßtest du, daß sie immer so ist, wenn sie sich verliebt«, erklärte sie nüchtern. »Und das passiert ziemlich häufig.«

»Diesmal ist es anders!« behauptete Matilda. »Diesmal habe ich meine große Liebe getroffen. Ganz sicher.«

Es klingelte an der Tür.

»Und Cornelius?« fragten Caroline und Franziska wie aus einem Mund.

Matilda grinste schief. »Er muß ja nichts davon wissen. Solange es noch nicht spruchreif ist, meine ich.«

Franziska drückte auf den Türöffner. »Ja, ich bin auch dafür. Wir brauchen den Typen echt dringend.«

Cornelius erschien im Türrahmen. Franziska fand einmal mehr, daß er ein ausgesprochen gutaussehender Junge war. Lichtjahre besser als dieser Typ, für den Matilda schwärmte. Er trug seine Werkzeugkiste und einen Karton unter dem Arm und machte einen gutgelaunten Eindruck.

»Du bist sicher Caroline«, sagte er und lächelte sie freundlich an. »Willkommen in der Ruine, Caroline.«

»Ich dachte, du bringst jemanden mit, der die Klospülung repariert«, murrte Matilda.

»Das hab' ich auch.« Cornelius grinste und zog ein Buch aus seiner Jackentasche, Marke *Selbst ist der Mann*, Band 4. »Klempnern leicht gemacht! Gut, was? Damit repariere ich euer verdammtes Klo im Handumdrehen.«

Matilda zuckte mit den Achseln.

»Ja, dann mach' mal«, sagte sie, legte sich mit dem Vorlesungsverzeichnis der Musikhochschule auf ihr Bett und tat so, als würde sie eifrig darin herumblättern. In Wahrheit starrte sie ins Leere und dachte an den schwarzgekleideten Typ im Hausflur.

Franziska folgte Cornelius ins Bad. Sie hatte das Gefühl, Matildas gleichgültiges Verhalten irgendwie wettmachen zu müssen.

»Das ist total nett von dir, daß du uns so hilfst«, sagte sie.

»Ja, das finde ich auch«, stimmte Cornelius zu. »Aber ich tu's gern, echt.«

Franziska setzte sich auf den Badewannenrand und sah ihm zu, wie er das Klo demontierte.

»Mich wundert, daß ihr allein seid«, meinte Cornelius spöttisch. »War der *tolle* Robert von oben heute noch nicht hier?«

»Nö«, antwortete Franziska und baumelte mit den Beinen.

»Und sein Freund, der *tolle* Modefotograf? Habt ihr den denn schon kennengelernt?«

»Nö«, log Franziska. Das Erlebnis an den Briefkästen mußte man Cornelius ja nicht unbedingt auf die Nase binden. Zumal noch gar nicht geklärt war, ob es sich bei der Hakennase wirklich um Felix, den Fotografen, handelte.

»Und sonst? Wohnen in den anderen Etagen noch mehr Typen, die euch demnächst die Tür einrennen werden?«

»Nein«, sagte Franziska. »Im ersten Stock wohnt eine alte Frau, die nicht gegrüßt hat, als wir auf der Treppe an ihr und ihrem Putzeimer vorbei mußten. Und wer im zweiten Stock wohnt, wissen wir nicht genau. Aber aus der Größe der Gummistiefel zu schließen, die vor der Tür stehen, könnte es eine Familie mit Kind sein.«

Caroline öffnete die Badezimmertür. »Ist Sigmund vielleicht bei euch?«

»Wer ist Sigmund?« fragte Cornelius. »Noch so ein toller Typ?«

»Sigmund ist meine Schildkröte«, jammerte Caroline. »Und er ist nirgendwo zu sehen.«

»Eben war er noch im Flur«, erinnerte sich Franziska. »Ich helfe dir, ihn einzufangen.«

Sie suchten Sigmund in allen Zimmern. Aber der Schildkröterich blieb spurlos verschwunden.

»Das kann gar nicht sein«, meinte Franziska. »So große Mäuselöcher gibt es selbst hier nicht.«

»Vielleicht ist er von einer Ratte gefressen worden«, schlug Matilda boshaft vom Bett aus vor, versank aber sofort wieder in ihre Tagträumereien.

Es klingelte an der Tür.

»Vielleicht ist es ja Sigmund«, witzelte Cornelius und öffnete die Tür. »Oh, Roooobert! Wir haben gerade von dir gesprochen.«

»Hi«, Robert lächelte freundlich. »Gehört das hier vielleicht euch?«

Er streckte seine Hand in die Wohnung. Darin strampelte die Schildkröte unwillig mit den Beinen.

»Sigmund!« rief Caroline erleichtert. »Wo warst du denn nur?«

Robert starrte sie mit offenem Mund an.

»Das saß hier draußen im Flur«, stammelte er. »Es knabberte an der Fußmatte.«

Caroline drückte Sigmund an ihre Brust.

»Danke«, sagte sie herzlich zu Robert. »Ich setze ihn jetzt wohl besser in sein Körbchen.«

Robert sah ihr hinterher.

»Mund zu«, sagte Franziska zu ihm.

»Die ist ja *toll«,* flüsterte Robert beeindruckt. »Diese *Wahnsinns*haare. Und so ein *süßer* Mund.«

Franziska seufzte. Robert guckte genauso eigenartig wie Matilda am Morgen an den Briefkästen. Heute mußte irgend etwas in der Luft liegen, was die Menschen zu Idioten machte.

»Das ist Caroline«, erklärte sie. »Sie wohnt hier. Und Sigmund auch.«

»Toll«, meinte Robert erfreut und folgte Caroline in die Küche, als sei er hypnotisiert.

»Was fressen denn Schildkröten?« hörte Franziska ihn fragen.

Cornelius grinste sie an.

»Den hat's aber erwischt«, meinte er. »Peng!«

»Das ist heute schon der zweite«, verplapperte sich Franziska und warf einen Blick auf die reglos vor sich hinträumende Matilda. »Ich persönlich glaube nicht an Liebe auf den ersten Blick.«

»Ich auch nicht«, gestand Cornelius und wandte sich wieder dem Klo zu. »Ich bin nicht sonderlich romantisch.«

Franziska fand ihn immer sympathischer. Zu dumm, daß er ausgerechnet Matildas Freund sein mußte.

»Möchtest du was trinken?« fragte Caroline in der Küche.

»Ja, gern.«

»Buttermilch oder Wasser?«

Robert schaute ihr fasziniert in die Augen.

»Egal«, sagte er geistesabwesend und seufzte. »Wie Saphire.«

»Was?« fragte Caroline.

»Deine Augen. Wie Saphire.«

Caroline füllte ihm Buttermilch in eine Henkeltasse.

»Saphire sind blau«, erklärte sie. »Und meine Augen sind grün.«

»Trotzdem«, sagte Robert und nahm die Henkeltasse entgegen. »Gemütlich ist das bei euch.«

»Hier herrscht noch das totale Chaos«, meinte Caroline. »Die Renovierung wird sicher Monate dauern.«

»Ich helfe euch gerne«, sagte Robert eifrig. »Ich kann toll streichen.«

»Das wäre echt nett von dir«, sagte Caroline erfreut und lächelte ihn an.

Matilda kam in die Küche spaziert wie eine Schlafwandlerin.

»Hallo, Robert«, sagte sie und war plötzlich sehr wach. »Ich habe dich gar nicht kommengehört.«

»Robert hat Sigmund gefunden«, erklärte Caroline. »Er war in den Flur entwischt.«

»Wie schön!« Matilda öffnete einen Becher Buttermilch. »Wie geht es denn deinem Freund Felix?«

»Gut«, antwortete Robert zerstreut.

»Ist er so ein großer Typ mit langen Haaren?« fragte Matilda.

»Ja, und immer ganz in Schwarz gekleidet. Das ist so 'ne Marotte von ihm. Eine von vielen.«

»Vielleicht hat er ja Lust, heute abend ein Glas Wein oder so mit uns zu trinken«, schlug Matilda vor.

Caroline verdrehte die Augen.

»Das geht leider nicht«, sagte Robert. »Felix ist heute nach Moskau geflogen. Für Modefotos am Kreml im Schneegestöber oder so.«

»Toll«, sagte Matilda enttäuscht. »Wie lange bleibt er denn da?«

»Zwei Wochen.« Robert leerte seine Tasse in einem Zug. »Igitt, was war denn das für ein Zeug?«

Caroline sah ihn erstaunt an.

»Na, Buttermilch«, sagte sie. »Wolltest du doch haben.«

»Eigentlich hasse ich Buttermilch«, murmelte er.

»Buttermilch ist gesund«, sagte Matilda streng. »Hat Felix eigentlich eine Freundin?«

Caroline trat ihr auf den Fuß.

»Übertreib's nicht«, flüsterte sie.

»Nee«, sagte Robert. »Damit hat er ein echtes Problem. Er kann sich nicht für eine entscheiden. Dabei rennen sie ihm die Tür ein, eine schöner als die andere.«

Caroline rümpfte die Nase. »Ach, so ist das.«

Matilda tupfte sich gedankenverloren Buttermilch ins Gesicht.

»Also keine Freundin«, murmelte sie zufrieden und spazierte grußlos wieder aus der Küche.

Robert sah ihr verwundert hinterher.

»Wie war die denn drauf?« fragte er.

»Sie ist heute morgen gegen eine Laterne gelaufen«, log Caroline schnell. »Seitdem ist sie nicht mehr sie selbst.«

Robert seufzte tief. »Da geht es ihr wie mir. Seit ich dich gesehen habe, fühle ich mich auch, als ob ich gegen eine Laterne gelaufen wäre.«

»Na toll«, sagte Caroline etwas indigniert.

* * *

Zwei Wochen später sahen die Räume einer Wohnung schon durchaus ähnlich. Dank Cornelius und Roberts tatkräftiger Unterstützung hatten sie alle Löcher in der Wand zugespachtelt, die alte Farbe von den Fenstern und Zimmertüren entfernt und diese in mühevoller Kleinarbeit weiß lackiert. Der feine Farbstaub hatte tagelang in der Luft geschwebt und ihre ganzen Klamotten mit einem leichten Schleier überzogen.

Alle Räume hatten bereits neue Tapeten an den Wänden und waren sogar teilweise schon gestrichen. Jede hatte eine andere Farbe für ihren Raum haben wollen, obwohl Cornelius behauptete, nur weiße Wände seien schöne Wände.

Caroline tupfte ihre Wände mit einem Schwamm in

zarten Rosatönen, und Matildas Zimmer wurde in einem intensiven, sonnigen Gelb gestrichen. Die Wände in Franziskas Zimmer waren noch weiß.

»So sollte es auch bleiben«, fand Cornelius, aber Franziska schwebten türkis-gewölkte Wände vor, die sie in einer Wohnzeitschrift gesehen hatte.

Alle drei Mädchen nächtigten nach wie vor in Matildas jetzt sonnengelbem Zimmer, Franziska in ihrem Korbbett, Caroline und Matilda im großen Himmelbett. Wegen des Farbgeruchs schliefen sie bei weitgeöffneten Fenstern, auch als es draußen empfindlich kalt wurde. Die Mausefallen waren bis jetzt leergeblieben, aber von ein paar vereinzelten Kakerlaken abgesehen, schien sich alles Ungeziefer verzogen zu haben.

»Bis sie sich durch den Mörtel gefressen haben, vergehen hoffentlich vier Jahre«, meinte Caroline.

In der Mitte der zweiten Woche kam endlich auch der Mann von der Telekom und schloß das Telefon an.

Caroline rief sofort ihre Eltern in Kiel an.

»Am Samstag kommen meine Sachen«, sagte sie anschließend. »Ob wir bis dahin den Fußboden in meinem Zimmer fertig haben?«

In Franziskas Zimmer hatten sie sich bereits mit vereinten Kräften daran gewagt, den verschimmelten Teppichboden rauszureißen. Allein das war eine Heidenarbeit gewesen. Cornelius hatte mit Abbeizer und Schleifgerät begonnen, die Reste des Teppichklebers und den tristen braunen Anstrich zu entfernen. Darunter waren schlichte, alte Holzdielen zum Vorschein gekommen. Es hatte allerdings soviel Zeit in Anspruch genommen, zwei mickrige Quadratmeter freizulegen, daß sie davon absahen, sich diese Arbeit in allen Zimmern anzutun. In den anderen Räumen sollte neuer Teppichboden verlegt werden.

»Wenn wir uns weiter so beeilen«, meinte Franziska zuversichtlich, »dann kriegen wir Carolines Zimmer bis Samstag schon noch hin.«

Tags darauf zogen sie deshalb gleich los, um sich nach Herd und Kühlschrank und geeigneten Bodenbelägen umzusehen. Für die Küche kauften sie PVC-Belag in schwarz-weißem Schachbrettmuster, der wirklich wenig kostete. Caroline und Matilda ließen sich für ihre Zimmer Teppichböden zuschneiden, die in gewaltigen Rollen zusammen mit dem PVC, unter Planen vor Farbspritzern geschützt, in Carolines Zimmer gelagert wurden.

Matilda hatte einen Restposten im Supersonderangebot erwischt.

»Keiner wollte den haben«, sagte sie glücklich.

»Kein Wunder«, entfuhr es Cornelius entsetzt, als er einen Blick darauf geworfen hatte.

Der Restposten war nachtblau mit leuchtend gelben Sternen.

»Das gleiche Gelb wie die Wand«, verteidigte Matilda ihre Wahl und fügte beleidigt hinzu: »Du hast sowieso keinen Geschmack.«

Carolines Teppichboden leuchtete intensiv magentafarben. Cornelius verzog das Gesicht, enthielt sich aber jeglichen Kommentars.

»Und du?« fragte er Franziska. »Was für eine Horrorfarbe hast du dir ausgesucht?«

»Ich will den Holzboden abschleifen«, erklärte Franziska, und Cornelius nickte anerkennend.

»Wenn er nicht so schön wird«, fügte Franziska hinzu, »kann ich ihn immer noch lackieren. In Türkis, passend zu den Wänden.«

Cornelius seufzte resigniert.

»Was wäre die Welt trist ohne euch«, sagte er.

Freitagabend kam er nicht zum Helfen wie sonst. Das Wasserballtraining hatte wieder begonnen.

»Gut für seinen Hintern«, meinte Matilda. »Schlecht für uns. Heute muß der Boden in Carolines Zimmer noch raus.«

Auch Robert war ausnahmsweise mal nicht anwesend. Er fuhr übers Wochenende zu seinen Eltern nach Koblenz, wo sein Vater seinen sechzigsten Geburtstag feierte.

»Willst du nicht mitkommen?« fragte er Caroline, bevor er zum Bahnhof fuhr. »Meine Eltern würden dich gern mal kennenlernen.«

»Warum?« Caroline zog erstaunt die Augenbrauen hoch.

»Sie wollen sehen, wie meine neue Freundin aussieht«, sagte Robert.

»Du bist ein netter Kerl, aber wie oft soll ich dir noch sagen, daß du nicht mein Typ bist?« Caroline sprach besonders deutlich. *»Ich bin nicht deine Freundin!«*

Robert ließ sich nicht aus der Ruhe bringen.

»Noch nicht«, meinte er. »Noch nicht.«

Sie schloß genervt die Tür hinter ihm.

»Der spinnt doch«, sagte sie zu den anderen.

»Ich finde ihn süß«, widersprach Franziska. »Ihr würdet toll zusammenpassen.«

»Und hartnäckig ist er auch«, fügte Matilda hinzu. »Das ist wahre Liebe!«

Caroline schüttelte den Kopf. »Ich steh' mehr auf reife, intelligente Männer. Los, was ist jetzt mit dem Teppichboden?«

Zu dritt mühten sie sich damit ab, den verschimmelten Velours vom Boden zu reißen und die schwere Rolle in den Container im Hof zu schleifen. Danach waren sie völlig erledigt. Matilda schmierte Brote mit Kräuterkäse, stellte sie zusammen mit Wasser und Buttermilch auf ein Tablett und trug es in ihr Zimmer.

»Kommt«, sagte sie und klopfte einladend auf ihr Bett. »Das ist der einzig vernünftige Ort in dieser Wohnung.«

Franziska und Caroline kuschelten sich neben sie unter ihre Decken. Eine Weile aßen sie zufrieden vor sich hin, ohne ein Wort zu sagen.

»Gemütlich«, meinte Caroline schließlich. »So was gibt's bei uns zu Hause nicht.«

»Bei uns auch nicht.« Franziska hörte auf zu kauen. »Vielleicht sollte ich ja doch mal anrufen.«

Die anderen nickten zustimmend. Franziska holte den Apparat ans Bett und wählte seufzend ihre alte Telefonnummer.

»Sommer?«

»Ich bin's, Mama.«

»Ach, Franzi, Kind«, seufzte die Mutter. »Ich habe mir schon solche Sorgen gemacht.«

»Ich wollte euch nur für alle Fälle unsere Nummer geben.«

»Ihr habt Telefon?« fragte die Mutter überrascht. »Könnt ihr euch das denn überhaupt leisten?«

»Ja, natürlich«, antwortete Franziska ärgerlich und dachte daran, daß sie jetzt nur noch zweihundertachtzig Mark auf dem Konto hatte.

»Ich hole mir was zum Schreiben«, sagte ihre Mutter. »Warte mal.«

Franziska hörte, wie sie im Hintergrund mit dem Vater sprach.

»Karl-Heinz, du kannst doch wenigstens mal mit ihr reden.«

Und der Vater: »Ich denke nicht daran. Die wird sowieso bald wieder hier auf der Matte stehen.«

Franziska konnte sich genau vorstellen, was für ein Gesicht er dabei machte.

Eine Tür fiel ins Schloß. Mit Schwung.

»So, da bin ich wieder«, sagte ihre Mutter in den Hörer.

Franziska gab ihr die Telefonnummer durch. »Mir geht es gut. Das kannst du Papa sagen.«

»Dir geht es *gut*! Du hast doch überhaupt kein Geld zum Leben«, jammerte ihre Mutter. »Franzi, du kannst jederzeit nach Hause kommen, das weißt du doch, nicht wahr?«

»Ja«, sagte Franziska. »Aber ich schlag' mich schon durch!«

»Tu' bitte nichts Unvernünftiges«, flehte ihre Mutter. »Es ist *überhaupt* keine Schande, zu Hause zu wohnen. Ich habe da gerade erst einen Artikel gelesen. Darin heißt es, daß über fünfzig Prozent der jungen Leute zwischen zwanzig und dreißig noch im Elternhaus leben.

Das sei ein neuer Trend, stand da, der sogar noch zunehmen würde.«

»Ja«, seufzte Franziska. »Dann bin ich eben nicht im Trend.«

»Ich wollte ja nur, daß du weißt, daß du jederzeit nach Hause kommen kannst, ohne daß sich irgendjemand was Schlechtes dabei denkt. Ehe du etwas Unvernünftiges tust.«

»An was hattest du da so gedacht?«

»Für Geld«, sagte ihre Mutter, »hat schon manch einer etwas getan, was er hinterher schwer bereut hat.«

»Ich brauche einen Job«, rief Franziska laut, als sie den Hörer aufgelegt hatte. »Ich brauche dringend einen Job!«

Matilda sah sie kauend an.

»Ich doch auch«, meinte sie. »Die Anzahlung für die Küche hat meine letzte Knete verschlungen. Ich werde wieder kellnern gehen müssen.«

»Dabei war die Küche wirklich günstig«, sagte Caroline. »Eine Vorführküche mit kleinen Fehlern und lauter Markengeräten, und so schön!«

»Schön blau«, kicherte Matilda. »Cornelius wird der Schlag treffen. Ich sehe ihn schon davor stehen und nach Luft japsen.«

»Nur weiße Küchen sind gute Küchen«, brummte Franziska. »Wetten, daß er genau das sagt?«

»Aber die Küche ist wirklich schön«, meinte Matilda. »Sie sieht auch mindestens zehnmal teurer aus, als sie war.«

»Kühlschrank, Herd und Schränke einzeln zu kaufen, wäre auch nicht viel billiger gewesen«, sagte Caroline.

»Und die liefern und montieren innerhalb von drei Wochen. Meine Mutter hat damals vier Monate auf ihre Einbauküche gewartet.«

»Ich weiß, ich weiß«, murmelte Franziska. »Aber ich brauche auch einfach Geld, um leben zu können, verstehst du? Deshalb muß ich einen Job finden. Sonst behält mein Vater am Ende recht.«

»Mein bißchen BAföG reicht gerade, um meinen Anteil an der Miete zu bezahlen«, erklärte Matilda. »Und von meiner Mama krieg' ich noch mal dreihundert Mark dazu. Ohne Job könnte ich mir nicht mal ein paar neue Schuhe leisten.«

»Ich schäme mich fast, es zu sagen, aber mein Vater überweist mir vierzehnhundert Mark im Monat«, gestand Caroline. »Er würde auch noch mehr zahlen, wenn ich behaupten würde, daß ich nicht auskomme. Das würde doch für uns drei reichen.«

»Wenn ich nicht will, daß mein Vater mir Geld gibt«, sagte Franziska unglücklich, »dann kann ich ja auch schlecht von deinem Vater Geld annehmen. Es wird sich schon ein Job finden.«

»Den ganzen Sommer über habe ich jeden Abend bei *Nino's* im Straßencafé gekellnert«, erzählte Matilda. »Da hatte ich einmal über viertausend im Monat.«

»So viel?« Franziska war beeindruckt.

»Die Leute haben mir sehr gerne Trinkgeld gegeben«, sagte Matilda stolz. »Vor allem die Männer. Aber jetzt im Winter ist das Straßencafé zu, und für drinnen haben die genug Verwandtschaft zum Kellnern.«

Franziska seufzte. »Kellnern wär' auch nichts für mich. Ich würde mich ständig verrechnen.«

»Es muß außerdem ein Job sein, den du nebenher machen kannst«, meinte Caroline besorgt. »Montag beginnen die Vorlesungen.«

Franziska war nach Weinen zumute.

»Ich habe überhaupt noch nie gearbeitet«, jammerte sie. »Ich finde bestimmt nichts!«

»Natürlich findest du was«, widersprach Matilda. »Ich bin Spezialistin für Nebenjobs.«

»Ich kann nicht Schreibmaschine schreiben, ich kenne kein einziges Computerprogramm, ich kann nicht kopfrechnen. Was würdest du jemandem wie mir raten?«

»Du kannst Nachhilfestunden geben, Babysitten, Hunde spazieren führen, putzen gehen«, listete Matilda auf. »Umfragen für ein Marktforschungsinstitut machen oder dich als Aktmodell in eine Malklasse setzen.«

Franziska grinste ein bißchen.

»Jetzt weiß ich, was meine Mutter vorhin gemeint hat«, sagte sie. »Hoffentlich finde ich bald was.«

»Gleich morgen werden wir uns darum kümmern«, versprach Matilda.

»Und dann ist da noch der Scheck für meinen blöden Führerschein«, meinte Caroline. »Davon könnten wir eine ganze Weile leben.«

»Du hast Geld für die bestandene Prüfung gekriegt?«

Caroline schüttelte den Kopf. »Ich habe Geld bekommen, damit ich hier in Köln endlich den Führerschein mache. Bis jetzt hatte ich keine Lust dazu.«

»Zwei Häuser weiter habe ich eine Fahrschule gesehen«, meinte Franziska.

»Dann geh' ich gleich am Montag hin und melde mich an.«

»Eigentlich müßten wir jetzt nebenan noch den Teppichkleber vom Boden kratzen«, meinte Matilda. »Aber ich bin echt zu müde für sowas.«

»Ich auch«, seufzte Franziska. »Ich hab's langsam satt, immer nur zu renovieren. Ständig Farbe an den Händen und diesen Geruch von Abbeize in der Nase.«

»Wir könnten heute abend ins E-Werk gehen und mal wieder so richtig abzappeln«, schlug Caroline vor.

Franziska ließ ihren Oberkörper auf das Bett sinken.

»Nächste Woche«, sagte sie. »Vielleicht.«

»Nächste Woche«, wiederholte Matilda und lächelte beglückt. »Nächste Woche ist *er* wieder da.«

»Wer ist *er?*« fragte Caroline.

»*Er* ist die Hakennase von oben«, erinnerte Franziska sie. »Du weißt doch, Matildas große, einzig wahre Liebe.«

»Ich bin auch seine große Liebe«, sagte Matilda überzeugt.

»Du bist eine Träumerin«, sagte Franziska und kicherte. »Ihr habt ja bis jetzt noch kein Wort miteinander gesprochen.«

»Nur Blicke, huuuhuuu!« machte Caroline.

»Spottet ihr nur«, meinte Matilda gelassen. »Bis jetzt habe ich jeden Mann bekommen, den ich wollte.«

»Waren das viele?« fragte Caroline neugierig.

»Da kannst du deinen Hintern drauf verwetten«, behauptete Franziska. »Und allesamt große, wahre Lieben. Einer wie der andere.«

»Gar nicht wahr«, sagte Matilda. »Es waren höchstens elf.«

»Und du hast mit allen ...?« fragte Caroline.

»Geschlafen? Nö, geschlafen habe ich nur mit dreien. Exklusive Cornelius, natürlich.«

»Und dabei bist du drei Monate jünger als ich«, sagte Franziska.

»Ich konnte nichts dafür«, meinte Matilda. »Es hat sich einfach so ergeben.«

»Also, ich«, begann Caroline und holte tief Luft. »Ich bin eigentlich ...« Sie stockte verlegen.

»Was?« fragte Franziska.

»Also, ich hab' noch nie ...«, flüsterte Caroline.

»Mit einem Mann geschlafen?« fragte Matilda. »Grauenhaft! Du Arme!«

»Das ist nichts Besonderes. Daß du *es nicht* getan hast, meine ich«, widersprach Franziska. »Wenn man den Statistiken glauben darf.«

»Ich weiß. Aber manchmal komme ich mir so blöd vor«, sagte Caroline.

»Ich käme mir aber auch blöd vor«, behauptete Matilda. »Neunzehn Jahre und noch Jungfrau!«

»Ich habe auch erst einmal mit jemandem geschlafen«, gab Franziska zu. »Und ich kann nicht sagen, daß ich so froh darüber bin.«

»Naja, beim ersten Mal hab' ich mich auch gefragt, warum alle Welt so ein Theater um diese Sache macht«, gestand Matilda. »Man muß es eben öfter tun.«

»Erzähl' von deinem ersten Mal«, verlangte Caroline und sah Franziska erwartungsvoll an.

»Da gibt es nicht viel zu erzählen«, meinte Franziska.

»Erzähl' trotzdem«, sagte Matilda und fegte die Krümel vom Bett. »Ich liebe solche Geschichten.«

Franziska nahm einen Schluck Wasser.

»Also gut«, begann sie. »Im letzten Sommer habe ich doch bei diesem Akrobatik-Workshop mitgemacht, den ein total süßer amerikanischer Collegestudent geleitet hat. Er hieß Milton, kam aus Los Angeles und war einfach superhübsch. Dazu kam, daß er als Akrobat absolut klasse war. Ich habe zwei Wochen lang kaum geschlafen, so verknallt war ich. Das Tolle war, daß er auch ziemliches Interesse an mir hatte. Hinterher ist mir klar geworden, daß das daran lag, daß die anderen Teilnehmer, außer mir und einer pferdegesichtigen, völlig untalentierten Person, alles Jungs waren. Naja, jedenfalls bin ich vor Glück beinahe ohnmächtig geworden, als er sich mit mir treffen wollte. Direkt bei diesem ersten Rendezvous ist es dann passiert. Ich hätte im Traum nicht damit gerechnet, weil wir uns ja noch nie außerhalb der Gruppe gesehen hatten. Aber der Typ hat wirklich keine Zeit verschwendet. Er ist noch nicht mal ins Kino mit mir gegangen oder zum Essen. Er hat mich einfach in sein Hotelzimmer bestellt, und keine fünf Minuten, nachdem ich angekommen war, ging's schon zur Sache. Ich war so verliebt und so verblüfft, daß ich mitgemacht habe. Ich dachte irgendwie, das wäre normal so. Tja, und zwei Tage später war unser Workshop zu Ende, und Milton ist weiter nach Berlin gereist. Ich habe nie wieder was von ihm gehört.«

»So ein Drecksack!« sagte Matilda. »Arme Franzi.«

»Und wie war die Sache als solche?« fragte Caroline gespannt.

»Es war nicht besonders schlimm oder so, aber es war auch nicht die große Offenbarung«, meinte Franziska. »Im nachhinein wäre ich lieber ins Kino gegangen.«

»Was für eine traurige Gute-Nacht-Geschichte«, seufzte Matilda und stand auf, um sich die Zähne zu putzen. »Morgen erzähle ich euch von meinem ersten Mal. Das war lustiger.«

Als sie später im Dunkeln nebeneinander lagen, sagte Caroline leise: »Das Schlimme ist eigentlich nicht, daß ich noch Jungfrau bin, sondern daß ich überhaupt keine Männer kennenlerne.«

»Roooobert«, riefen Matilda und Franziska wie aus einem Mund.

»Ja, außer solchen Roberts, natürlich«, zischte Caroline verächtlich, so als wäre Robert ein Schimpfwort.

»Ich versteh' gar nicht, was du gegen den hast«, murmelte Franziska. »Der ist doch echt süß. Sieht aus wie Til Schweiger.«

»Genau«, echote Matilda. »Und gestern hat er dir eine rote Rose vorbeigebracht.«

Caroline seufzte.

»Auf jeden Fall ist das kein Zustand«, sagte Matilda. »So als Jungfrau, meine ich.«

Franziska kicherte, aber Caroline nickte in der Dunkelheit.

»Du hast recht«, sagte sie. »Das ist wirklich kein Zustand.« Und sie beschloß im Stillen, den Zustand zu ändern. Möglichst bald.

* * *

Montagmorgen verließ Franziska als erste die Wohnung.

»Hier liegt eine Schultüte vor der Tür«, rief sie. »Die ist ja vielleicht süß.«

»Für mich?« fragte Matilda.

»Nein, für Caroline. Mit einem Herzchen auf dem i.«

»Sicher von Robert«, stöhnte Caroline aus dem Badezimmer.

»Eine rote Rose und lauter leckere Süßigkeiten stecken drin. Und ein Brief.«

»Lies vor«, sagte Caroline aus dem Bad. »Ich habe keine Zeit, selber zu lesen, sonst komme ich zu spät. Matilda hat vorhin so getrödelt.«

»Weil ich an meinem ersten Tag einfach umwerfend aussehen muß«, verteidigte sich Matilda, die sich seit einer halben Stunde fieberhaft an- und auszog.

Franziska öffnete Roberts Brief. »Liebe Caroline, für Deinen ersten Hochschultag alles Liebe von Robert. Wie süß!«

»Ich freue mich, daß das Semester begonnen hat«, meinte Caroline. »Dann hat er wohl auch nicht mehr soviel Zeit, hier herumzulungern.«

»Ich bin jetzt weg«, rief Franziska. »Bis heute nachmittag.«

»Viel Spaß«, sagte Matilda.

Caroline kam aus dem Bad.

»Ich bin auch fertig«, sagte sie. »Wie seh' ich aus?«

Matilda warf einen kurzen Blick auf Caroline in Jeans und einem braven, apfelgrünen Twinset aus weicher Angorawolle, das wunderbar zu ihren roten Locken paßte.

»*Du* siehst toll aus«, jammerte Matilda. »Aber *ich* weiß immer noch nicht, was ich anziehen soll.«

»Die schwarzen Shorts, der Zopfpulli und die dicken Strümpfe eben sahen doch süß aus«, meinte Caroline. »Warum hast du dich wieder umgezogen?«

»Weil ich die schwarzen Schuhe nicht finde«, klagte Matilda und sah auf die Uhr. »Ich komme zu spät! Und geschminkt bin ich auch noch nicht.«

Caroline stellte die Rose aus der Schultüte in eine Flasche und plazierte sie neben den drei anderen Rosen, von denen Robert täglich eine vorbeigebracht hatte. Sigmund lag in seinem Nähkorb und schlief.

»Paß gut auf dich auf«, sagte sie zu ihm und schlüpfte in ihren Mantel.

»Wie ist das blaue Wollkleid?« fragte Matilda.

»Auch süß«, antwortete Caroline. »Es sei denn, du hast deine blauen Schuhe ebenfalls verlegt?«

»Nein, die sind hier. Aber findest du nicht, daß das Kleid zu spießig aussieht?«

»Nein«, seufzte Caroline und öffnete die Tür. »Ich bin jetzt weg. Trödel nicht mehr so lange herum.«

»Laß mich jetzt bloß nicht allein!« rief Matilda, aber da war Caroline schon weg.

»Wenn man die mal braucht«, schimpfte Matilda und zog das blaue Kleid wieder aus. »Vielleicht doch die schwarzen Shorts und den Zopfpulli. Mit den hellen Wildlederschuhen. Oder lieber den roten Body und die Jeans mit den Knöpfen. Oder doch das blaue Kleid. Ich werde zu spät kommen. Ich komme ganz sicher zu spät.«

Als sie eine halbe Stunde später endlich die Wohnungstüre abschloß, trug sie die schwarzen Shorts. Mit den schwarzen Schuhen. Sie hatten in der Küche neben der Buttermilch gestanden. Für ein großes Make-up war wirklich keine Zeit mehr gewesen, und ihre Haare standen ziemlich wirr vom Kopf ab. Letzteres allerdings war Absicht.

Zur gleichen Zeit kam Felix mit frischen Brötchen vom Bäcker. Matilda lief ihm auf der Treppe sozusagen direkt in die Arme. Es war wie im Film.

Die Brötchen kullerten alle auf die Erde.

»Oh«, sagte Matilda atemlos und gratulierte sich im stillen zu ihrem grandiosen Timing. »Tut mir leid.«

»Das macht nichts«, sagte Felix und sah ihr direkt in die Augen. »Wer von oben kommt, hat sowieso Vorfahrt.«

Matilda half ihm, die Brötchen aufzuheben.

»Du bist sicher Roberts Freund Felix«, sagte sie und lächelte ihr allersüßestes Lächeln. »Ich bin Matilda.«

»Ich weiß«, sagte Felix, ohne zurückzulächeln. Er packte das letzte Brötchen in die Tüte und setzte seinen Weg fort.

»Dann bis bald, Matilda.«

»Worauf du wetten kannst«, murmelte Matilda und stürmte weiter die Treppe hinab. »Was für ein Mann!«

Weiter unten stand ihr Herr Kleinschmidt mit einem Müllbeutel im Weg.

»Meinen Sie mich?« fragte er erfreut. Seine Deutsche Dogge streckte den dicken Kopf aus der Wohnungstür und bellte dumpf. Das Riesenvieh hieß Zerberus, wie der Höllenhund, der in der griechischen Mythologie den

Eingang zur Unterwelt bewachte. Die Mädchen fanden den Namen sehr passend.

Herr Kleinschmidt schob sich noch ein bißchen näher an Matilda heran. Dabei hielt er seinen Blick starr auf ihren Busen gerichtet.

»Guten Tag«, sagte sie kühl und wollte an ihm vorbei.

»Nicht so stürmisch«, meinte Herr Kleinschmidt und lächelte lustmolchig, »Immer in Eile, das kleine Fräulein Matilda.«

»Klein ist gut«, entgegnete Matilda und musterte ihn so eisig aus einem Meter achtzig Höhe, daß er das lustmolchige Lächeln einstellte und sich mit seiner Mülltüte zur Seite trollte.

»Die schüchterne Rothaarige gefällt mir sowieso besser«, brummelte er hinter Matilda her.

* * *

Caroline hatte beim Türken um die Ecke Fladenbrot, Schafskäse, gefüllte Champignons, Tomaten und Trauben eingekauft.

»Lecker!« sagte Franziska und ließ sich zufrieden auf dem Fußboden nieder.

»Ich weiß nicht«, meinte Caroline, »Langsam fehlt mir das warme Essen schon.«

»Mir nicht«, sagte Matilda und riß sich ein großes Stück Fladenbrot ab. »Ich hasse Kochen!«

»Ich koche gern«, erklärte Caroline. »Wenn wir erst unsere Küche haben, koche ich euch jeden Abend was anderes.«

Es klingelte.

»Roooooobert!« riefen alle drei.

Caroline ging zur Tür. »Hallo Robert. Heute noch gar nicht gesehen.«

»Nein«, seufzte Robert. »Die Ackerei für die Uni fängt jetzt wieder an. Wir werden viel weniger Zeit füreinander haben.«

»Fein«, sagte Caroline und fügte artig hinzu: »Danke für die Schultüte.«

»Ja«, rief Matilda aus der Küche. »Besonders für die Himbeerbonbons und die Lakritzschnecken.«

»Wir essen gerade«, sagte Caroline. »Wenn du unbedingt möchtest ...«

»Klar«, meinte Robert und setzte sich neben Franziska vor den umgedrehten Karton, der als Tisch diente. »Wie war denn euer erster Hochschultag?«

»Ich bin das einzige Mädchen in der Gesangsklasse, das kurze Haare hat«, berichtete Matilda. »Alle anderen haben einen Zopf bis zum Hintern und sind überhaupt ziemlich spießig, vom Typ Faltenrock und Krägelchen. Der Professor erinnert mich an meinen Vater. Man konnte ihm anmerken, daß er Faltenröcke und Krägelchen mag und mich nicht.«

»Weil du zu spät gekommen bist«, vermutete Caroline.

»Warte ab, bis er dich singen hört«, meinte Franziska. »Dann ist es ihm egal, was du anhast.«

»Ja, vielleicht«, sagte Matilda zweifelnd. »Ich habe aber echt Angst, daß die bezopften Faltenröcke am Ende auch noch besser singen.«

»Hey, so unsicher kenne ich dich ja gar nicht«, meinte Franziska. »Du singst toll. Sonst hättest du die Aufnahmeprüfung gar nicht erst bestanden.«

Matilda lächelte schon zuversichtlicher.

»Du hast ja recht«, meinte sie. »Ich werde die Strick-lieseln an die Wand singen.«

»Bei mir war es toll«, sagte Franziska. »Ich habe noch nie so viele Leute an einem Tag kennengelernt. Am Freitag ist gleich Erstsemesterfete. Lauter nette Jungs. Kommt ihr mit?«

»Unsere Erstsemesterfete ist auch am Freitag«, antwortete Caroline. »Aber ich komme lieber mit zur Sporthochschule.«

»War's bei dir nicht so toll?« fragte Robert besorgt.

»Nö.« Caroline schüttelte den Kopf. »In meiner Erstsemestergruppe sind nur Frauen, und gleich vier davon haben ein Kind. Die haben sich nur über Kinderbetreuung und so'n Schwachsinn unterhalten. Und von den anderen war nur eine einzige nett. Peggy. Mit der habe ich jetzt den Stundenplan zusammengestellt.«

»Immerhin eine Nette«, sagte Franziska.

»Lauter Frauen?« wiederholte Robert zufrieden. »Gut.«

»Nur Frauen?« fragte Matilda. »Wie kann man nur so was Blödes studieren?«

»In den anderen Erstsemestergruppen sind ja auch Männer«, erklärte Caroline. »Nur in meiner nicht.«

»Ausgerechnet«, sagte Matilda. »So lernst du natürlich nie jemanden kennen.«

»Das braucht sie auch nicht«, meinte Robert und grinste breit. »Sie hat ja mich.«

»Psychologen sind sowieso alles Langeweiler«, behauptete Matilda.

Caroline schüttelte den Kopf. »Das würdest du nicht sagen, wenn du den Dozenten gesehen hättest, der die

Einführung in die Wahrnehmungspsychologie macht. So witzig und geistreich, hach! Und er sieht aus wie Paul Newman. In jung.«

»Was Frauen nur alle an Paul Newman finden, wird mir wohl ewig ein Rätsel bleiben«, sagte Robert kopfschüttelnd.

»Wir mögen auch Til Schweiger«, erklärte ihm Franziska.

»Wer ist Til Schweiger?« fragte Robert.

Franziska und Caroline seufzten tief.

»Paul Newman ist doch Käse. Und Professoren sind es erst recht«, meinte Matilda. »Die sind alle verheiratet und haben Töchter in deinem Alter.«

»Der nicht«, sagte Caroline versonnen. »Ich hab mich erkundigt.«

Franziska schnitt sich ein Stück Schafskäse ab.

»Ich habe noch eine gute Neuigkeit«, meinte sie leichthin. »Ich hab' einen Job!«

»Was? So schnell?«

Franziska lachte glücklich. »Da hingen jede Menge Anfragen von Sportvereinen und Fitneßstudios für Übungsleiter am Schwarzen Brett. Ich bin gleich nach der Einführungsveranstaltung bei einer Adresse vorbeigefahren, und voila: Ab nächste Woche gebe ich Unterricht in Gymnastik, Aerobic und Jazzdance. In dem Ladyfitneßstudio auf der Herzogstraße. Gut, was?«

»Dann bist du ja keinen Abend mehr zu Hause«, sagte Caroline pessimistisch. »Du wirst dich am Ende noch völlig überanstrengen.«

»Nein«, antwortete Franziska strahlend. »Das ist ja das Beste: Aerobic und Gymnastik sind Dienstag vormittags, vier Stunden hintereinander. Da kann ich eben erst Dienstag nachmittags zur Spoho. Und Jazzdance ist immer Donnerstag abends. Echt ideal, das ganze. Vor allem, weil die Bezahlung auch nicht übel ist: Ich bekomme dreißig Mark pro Unterrichtsstunde, ist das nicht toll?«

Matilda rechnete blitzschnell. »Das sind bei sechs Stunden wöchentlich sechshundertvierzig Mark im Monat. Damit kommst du doch immer noch nicht hin.«

»Das ist schon eine ganze Menge«, meinte Caroline beruhigend. »Für den Anfang genug.«

»Ich muß eben ein bißchen sparsam mit dem Geld umgehen«, sagte Franziska. »Dann wird es schon reichen.«

»Ich hab auch nicht viel mehr«, meinte Robert. »Und komme damit aus. Meistens jedenfalls.«

»Wenn das so ist, hörst du vielleicht besser mal auf, dein Geld für rote Rosen und Süßigkeiten zum Fenster rauszuschmeißen«, schlug Caroline vor. »Das hat sowieso keinen Zweck.«

Robert lächelte nur.

»Heute morgen habe ich deinen Freund Felix getroffen«, sagte Matilda zu ihm, und ihre Augen leuchteten glücklich auf. »Ich habe seine Brötchen auf den Boden geworfen!«

»Heute morgen?« fragte Robert. »Das ist ungewöhnlich. Felix schläft sonst immer bis mittags.«

»Das war eben das Schicksal«, meinte Matilda begeistert, »das ihn geweckt und zum Bäcker getrieben hat, nur damit wir einander in die Arme laufen konnten.«

Robert sah Matilda nachdenklich an.

»Ich dachte, du wärst mit Cornelius zusammen?«

»Ja, und? Meinst du, deswegen laufe ich blind durch die Gegend und erkenne mein Schicksal nicht, wenn ich ihm begegne?«

»Cornelius ist echt ein netter Kerl«, sagte Robert. »Er macht so einen gewissenhaften Eindruck. Und gut aussehen tut er ja irgendwie auch. Besser als Felix jedenfalls.«

Franziska und Caroline nickten zustimmend.

»Nett, gewissenhaft«, äffte Matilda ihn nach. »Das ist mir aber zu langweilig, verdammt noch mal.«

»Weiß du«, sagte Robert väterlich. »Felix ist ein guter Kumpel, und ich mag ihn sehr. Aber er ist nicht gerade der Mann, den ich mir für meine Schwester wünschen würde. Laß lieber die Finger von ihm.«

»Ich bin aber nicht deine Schwester«, stellte Matilda fest.

Franziska lachte.

»Und Matilda ist auch nicht der Typ Frau, den ich mir für meinen Bruder wünschen würde«, erklärte sie.

Es klingelte.

Caroline sah auf die Uhr. »Der gewissenhafte Cornelius, pünktlich um sieben Uhr. Zum Badezimmerstreichen.«

Franziska stand auf und drückte auf den Türöffner.

»Was sagt der eigentlich zu Felix?« fragte Robert.

Matilda zuckte mit den Schultern und stand ebenfalls auf.

»Nichts, wieso?«

»Er weiß noch nicht, daß Matilda ihrem Schicksal begegnet ist«, erklärte Caroline.

»Sie könnte es ihm ja wenigstens sagen«, meinte Robert. »Aber Frauen sind irgendwie anders. Die haben gerne mehrere Eisen im Feuer.«

»Ich nicht«, sagte Caroline. »Ich hätte nichts dagegen, wenn du die Belagerung aufgeben würdest.«

»Bei dir ist das was anders«, meinte Robert felsenfest überzeugt. »Du weißt einfach noch nicht, daß ich der Richtige für dich bin.«

Caroline seufzte.

Cornelius kam die Treppe hoch und schwenkte eine Flasche leuchtend blaue Abtönfarbe.

»Seid ihr wirklich sicher. daß das Badezimmer wie das städtische Freibad aussehen soll?« fragte er zur Begrüßung.

»Ach, was«, sagte Franziska. »Es wird aussehen wie ein griechischer Patio, alles blau-weiß. Und Carolines Farn auf der Fensterbank, nicht wahr, Matilda?«

Matilda antwortete nicht. Sie hatte weitere Schritte im Treppenhaus gehört und blieb wie angewurzelt in der Tür stehen.

»Ihr habt einen echten Farbenspleen«, seufzte Cornelius. »Ich bin gespannt, ob ihr es schafft, wenigstens eine Wand weiß zu lassen.«

Franziska starrte ebenfalls hinaus ins Treppenhaus. Dort erschien Felix, von Kopf bis Fuß in Schwarz gekleidet, hakennasig und arrogant, ganz wie sie ihn in Erinnerung hatte. Und er war nicht allein. Er hatte den Arm um die Schultern einer Blondine gelegt, mit Beinen, die es an Länge durchaus mit Matildas aufnehmen konnten. Und auch sonst sah sie nicht übel aus, wirklich nicht. Matilda sog scharf Luft durch die Nase ein.

»Na?« fragte Felix und musterte sie alle drei mit seinen durchdringend blauen Augen. »Ist Robert vielleicht bei euch?«

Matilda guckte giftig und schwieg.

»Ja«, sagte Franziska kühl. »Ist er.«

Felix lehnte sich gegen das Geländer. Die Blonde ließ er dabei nicht los.

»Dann sei doch so nett und hol ihn mal her, Kleine«, sagte er zu Franziska.

Franziska rührte sich nicht.

»Robert«, schrie sie über die Schulter. »Da ist so ein langhaariger Freak, der will was von dir.«

Felix grinste beifällig. Franziska verzog keine Miene. Matilda musterte die Blonde abfällig und sog weiter geräuschvoll die Luft durch die Nase ein. Die Blonde blickte ungerührt zurück. Cornelius beobachtete die Szene interessiert vom Flur aus.

»Hi, Felix«, sagte Robert und stellte sich neben Franziska. »Hi, Peggy. Was gibt's denn?«

»Der Wohnungsschlüssel ist mir irgendwie abhanden gekommen«, erklärte Felix. »Kannst du mir einen von deinen geben?«

Robert suchte in seiner Tasche.

»Hier. Das ist der dritte Schlüssel in zwei Monaten«, meinte er. »Und den Briefkastenschlüssel hast du auch verloren.«

»Wozu gibt es denn Gabeln?« murmelte Franziska.

Felix nahm den Schlüssel und schob ihn sich in die Hosentasche.

»Bis später«, sagte er zu niemand Bestimmtem und wandte sich zum Gehen.

Die Blonde lächelte zum Abschied. Sie hatte tolle Zähne. Franziska schloß die Tür.

»Eingebildeter Pimpf«, meinte sie ärgerlich.

Matilda drehte sich ganz benommen um.

»Ich denke, der hat keine Freundin«, sagte sie anklagend zu Robert.

»Hat er ja auch nicht«, verteidigte sich Robert. »Jedenfalls keine, die diesen Titel als einzige für sich beanspruchen könnte.«

»Und wer war dann die blöde Barbiepuppe?« fragte Matilda beleidigt.

»Peggy ist sein Fotomodell«, erklärte Robert. »Sie ist nett. Und was Felix mit der hat oder nicht hat, da steig' ich seit drei Jahren nicht hinter.«

»Fotomodell«, murmelte Matilda vor sich hin. »Toll. Seit drei Jahren.«

»Das war die Peggy aus meiner Erstsemestergruppe«, sagte Caroline von der Küchentüre her. »Sie hat mich nicht gesehen.«

»Ein studiertes Fotomodell«, murmelte Matilda. »Ganz toll.«

Franziska warf einen besorgten Blick auf Cornelius. Aber er schien nichts Besonderes bemerkt zu haben.

»Was ist jetzt?« fragte er und winkte mit der Abtönfarbe. »Das Badezimmer ist heute an der Reihe, oder wollt ihr nicht?«

»Nö«, sagte Matilda mürrisch. »Das Badezimmer ist mir scheißegal.«

»Ich mache mit«, bot Caroline an. »Aber ich muß anschließend für die blöde theoretische Fahrprüfung büffeln.«

Cornelius musterte die fleckige Wand oberhalb der Kacheln.

»Soviel ist das ja nicht«, meinte er. »Das kriegen wir auch zu zweit hin, Franziska und ich. Dann kannst du lernen, und Matilda kann tun, was auch immer sie will. In Ordnung?«

Franziska freute sich. Sie war gern mit Cornelius allein. Man konnte so wunderbar mit ihm reden. Bei der Arbeit ging das besonders gut. Man konnte die intimsten Dinge von sich preisgeben, so ganz nebenbei. Dinge, die sie noch nicht mal Matilda oder Caroline verraten würde, ihre geheimsten Wünsche und Ängste. Cornelius verstand sie mühelos, und auch dafür mochte Franziska ihn sehr. So sehr, daß sie manchmal schon darüber ins Grübeln geriet.

Sie verliebte sich niemals Hals über Kopf wie Matilda, und sie geriet auch nicht wie Caroline über wildfremde Menschen ins Schwärmen. Bei Franziska kam die Verliebtheit ganz langsam, wie eine heimtückische Krankheit. Man bemerkt sie erst, wenn es zu spät ist. Und Cornelius war ja auch immer noch Matildas Freund.

* * *

Weil die Mädchen jetzt tagsüber Vorlesungen und Seminare besuchten, mußten die noch verbliebenen Renovierungsarbeiten auf die Abende verlegt werden.

Cornelius sorgte für eine straffe Organisation.

»Ich will nicht mehr«, maulte Matilda. »Ich muß üben.« Seit der Begegnung mit Felix und seinem blonden Fotomodell war sie ständig ekelhaft schlecht gelaunt.

»Das ist keine Frage des Wollens«, sagte Cornelius streng. »Und freu' dich doch: Wir müssen nur noch den Flur streichen und den Fußboden in der Küche verlegen.«

»Und meinen Scheißfußboden abschleifen«, ergänzte Franziska jammernd, die immer noch in Matildas Zimmer schlief.

»Und die Scheißwände streichen. Immer bin ich die letzte!«

Caroline hatte letztes Wochenende bereits ihr eigenes Reich bezogen. Der magentafarbene, flauschige Teppichboden sah super zu den rosagetupften Wänden aus.

»Wie Erdbeereis«, hatte Cornelius angeekelt gesagt. »Mit Cocktailsoße.«

»Genau«, hatte Caroline ihm begeistert zugestimmt. Sie hatte das Zimmer nur sehr sparsam möbliert. Ein Futonbett aus gelaugtem Kiefernholz stand in einer Ecke, darüber hing ein schneeweißes Moskitonetz. Vor dem Fenster, neben der Tür, die auf den kleinen Balkon hinausführte, hatte sie ihren Schreibtisch postiert. Ihre Klamotten hingen an einer fahrbaren Kleiderstange, und an der Wand entlang stapelten sich Bücher und Schuhe. Nur der klobige, braune Ofen in der Ecke erinnerte noch daran, wie verschimmelt und heruntergekommen der Raum früher ausgesehen hatte.

Es gebe spezielle Kachelfarbe, mit der man die Öfen streichen könne, hatte Cornelius gesagt, und alle drei Mädchen hatten daraufhin beschlossen, die kackbraunen Schandflecken sobald wie möglich weiß zu lackieren.

»Los jetzt, ihr Faultiere«, befahl Cornelius. »Ich streiche die Decke, ihr die Wände. Dann ist das ruckzuck geschafft.«

Caroline zog bedauernd ihre Schultern hoch.

»Tut mir leid«, sagte sie. »Ich kann heute nicht. Ich habe gleich meine erste Fahrstunde.«

»Im Dunkeln? Na, das ist ja eine Superidee von deinem Fahrlehrer.«

»Nanananananaaaa!« sang Matilda. »Nanananananaaaaa!«

»Komm schon, Matilda«, sagte Cornelius und rückte die Trittleiter zurecht.

»Ich muß aber üben«, maulte Matilda und setzte wieder an. Diesmal einen halben Ton höher. »Nanananannanaaaaaa!«

»Das kannst du auch mit einem Pinsel in der Hand«, schlug Cornelius vor und hielt ihr einen hin. »Na los!«

Caroline zog ihre Jacke an.

»Viel Vergnügen«, sagte sie.

»Wir drücken dir die Daumen«, meinte Franziska. »Wird schon schiefgehen!«

»Das fürchte ich auch«, seufzte Caroline. »Ich mach' mir ja beinahe in die Hosen vor Angst!«

»Nanananananaaaa!« intonierte Matilda im Fortissimo und rührte lustlos in der Wandfarbe herum. »Nananananananaaaaa!« Sie hoffte, daß ihre Gesangsübungen den anderen so auf die Nerven gingen, daß sie sie in ihr Zimmer einsperrten und in Ruhe ließen. Aber vergebens: Weder Franziska noch Cornelius sagten auch nur ein Wort.

Als Caroline zwei Stunden später wiederkam, war Matilda heiser, aber der Flur leuchtete in strahlendem Weiß. Es war der einzige Raum, in dem sie auf Farbe zu verzichten beschlossen hatten. Für Cornelius war es der schönste Raum in der Wohnung. Mit Abstand.

»Hi«, seufzte Caroline. »Oh, ihr wart aber fleißig.«

»Das kann man wohl sagen«, schimpfte Matilda. »Haben wir diesem Sklaventreiber da oben zu verdanken.« Sie zeigte mit ihrem Pinsel auf die Trittleiter, auf der Cornelius stand und bereits die Deckenleuchte montierte.

»Herr Kleinschmidt hat mir im Treppenhaus aufgelauert«, erzählte Caroline. »Er hat mich kleines Fräulein genannt und gefragt, ob ich mir mal seine Wohnung angucken wollte. Er könne mir auch Schokolade anbieten.«

»Nuß oder Vollmilch?«

»Das hat er nicht näher ausgeführt.«

»Der Kleinschmidt wird wirklich langsam lästig«, fand Franziska. »Mir ist er neulich in den Keller gefolgt, als ich Briketts geholt habe. War richtig unheimlich da unten allein mit dem Dicken. Aber seit ich so ganz nebenbei erwähnt habe, daß ich den schwarzen Gürtel in Karate besitze, läßt er mich in Ruhe.«

»Den schwarzen Gürtel, wow.«

»Stimmt natürlich nicht«, sagte Franziska. »Aber ich habe mal Chinesisches Schattenboxen gemacht. Wie bist du denn die dicke Klette losgeworden?«

»Ich habe ihm gesagt, daß meine Mama mir verboten hätte, mit älteren Onkels mitzugehen, die mir Schokolade anbieten.«

»Gut«, sagte Cornelius von der Leiter. »Das nächste Mal kannst du sonst mich rufen.«

»Wie war's denn in deiner ersten Fahrstunde?« wollte Franziska wissen.

Caroline lehnte sich müde gegen die Leiter, »Ich habe es mir nicht so schwer vorgestellt. Das Lenken, meine ich.«

»Das ist nur am Anfang so«, tröstete Franziska. »Nach zwei, drei Stunden geht das von ganz allein.«

»Ich weiß nicht«, Caroline schüttelte zweifelnd den Kopf. »Ich habe eine Verkehrsinsel gerammt. So was passiert sicher nur mir.«

»Das ist doch gar nichts. Matilda hat gleich einen Hydranten umgemäht«, petzte Cornelius von der Zimmerdecke herab. »Weißt du noch Matilda?«

Matilda nickte. Carolines Gesicht hellte sich ein wenig auf.

»Wirklich? Auch in der ersten Fahrstunde?«

»Nein«, antwortete Matilda, nicht ohne Stolz in der Stimme. »In der ersten Fahrprüfung.«

Caroline warf sich getröstet in ihre Anstreicherkluft.

»Kann ich jetzt helfen?« fragte sie unternehmungslustig.

»Wenn die erste Schicht getrocknet ist«, sagte Cornelius und kam von der Leiter.

»Och, nööö«, maulte Matilda. »Wozu sollen wir das zweimal streichen. Mir gefällt es auch jetzt schon.«

»Man streicht aber *immer* zweimal«, sagte Cornelius unnachgiebig. »Das g'hört so.«

Matilda knurrte wie Frau Werwolf.

Zu viert schafften sie den zweiten Anstrich in einer

knappen Dreiviertelstunde. Jeder hatte sich eine Wand vorgenommen.

»Fertig«, sagte Franziska und hob triumphierend ihre Farbrolle.

»Ich auch«, rief Caroline.

»Fein«, seufzte Matilda erleichtert. »Jetzt ist endlich Ruhe!«

»Nichts da«, bestimmte Cornelius. »Es ist erst halb elf. Wir räumen jetzt die Kartons und euren anderen Krempel aus der Küche und verlegen den PVC-Belag.«

Matilda stampfte wütend mit den Füßen auf.

»Nein!« schrie sie. »Nicht mit mir. Du kannst die Leute in deinem Büro herumkommandieren, aber uns nicht.«

»Ich kommandiere ja gar nicht«, widersprach Cornelius. »Aber wenn am Samstag eure Küchenzeile geliefert wird, muß der Boden liegen. Und weil heute bereits Mittwoch ist und ich morgen und übermorgen nicht hier sein kann, muß das eben alles noch heute passieren.«

»Komm schon, Matilda«, sagte Caroline und lächelte. »Er hat recht. Er will doch nur helfen!«

Matilda schüttelte bockig den Kopf.

»Es macht ihm Spaß, Menschen zu quälen«, behauptete sie. »Ganz bestimmt.«

Sie blieb stur auf dem Fußboden hocken, während die anderen die Küche ausräumten und die häßlichen, grün-gelb-braun gemusterten Kacheln sauberfegten, auf denen das PVC verklebt werden sollte.

Franziska bedachte ihre bockige Cousine mit strafenden Blicken, als sie einen Karton mit Bananen und Joghurt neben sie abstellte.

»Du bist so gemein zu Cornelius«, zischte sie. »Wenn ich er wäre, hätte ich uns längst in dem Dreck hier sitzenlassen.«

»Mir doch egal«, murmelte Matilda trotzig.

»Biest«, knurrte Franziska.

Cornelius tat so, als würde er Matildas kindisches Gehabe überhaupt nicht bemerken. Er verlegte den Boden mit Franziskas und Carolines Hilfe nahezu perfekt. Das schwarz-weiße Schachbrettmuster sah sehr frisch und modern zu den himmelblau gewischten Wänden und den weißen Wandkacheln aus.

»Toll«, meinte Caroline begeistert. »Guck doch mal, Matilda.«

Aber Matilda wollte nicht.

»Ich gehe jetzt schlafen«, murmelte sie mürrisch und schlürfte mit gesenktem Kopf ins Badezimmer.

»Gute Nacht«, sagte Cornelius freundlich.

»Schlaf schön«, sagte Caroline unfreundlich.

»Wirf deinen Bock ins Klo und zieh ab!« rief Franziska.

Matilda knallte die Tür hinter sich zu.

»Sie bekommt ihre Tage«, sagte Franziska zu Cornelius. »Deshalb ist sie so schlecht drauf.«

»Aha«, machte Cornelius. »Und ich dachte schon, es hätte vielleicht was mit dem tollen Fotografen zu tun.«

Caroline und Franziska tauschten einen erschrockenen Blick.

Cornelius grinste. »Ihr denkt auch, ich bin total verblödet, was?«

»Aber da läuft wirklich gar nichts zwischen Matilda und diesem Felix«, rief Caroline, und das war ja auch die Wahrheit. Jedenfalls bis jetzt.

»Na, ist ja auch egal«, meinte Cornelius und griff nach seiner Jacke. »Wir haben heute auf jeden Fall viel geschafft.«

»Das haben wir alles nur dir zu verdanken«, sagte Caroline gerührt.

»Ja«, stimmte Franziska mit leiser Stimme zu. »Vielen Dank.« Sie hätte ihn sehr gern zum Abschied in den Arm genommen. Aber eigenartigerweise fühlte sie sich ihm gegenüber plötzlich verlegen und unsicher. Die »Krankheit« war schon ziemlich weit fortgeschritten.

»Bis Samstag«, sagte Cornelius. »Dann fangen wir mit deinen Wänden an.«

»Es ist zum Heulen«, meinte Caroline und schloß die Tür hinter ihm. »So ein netter Kerl. Viel zu schade für das Ekel da im Badezimmer.«

Matilda steckte ihren Kopf aus der Badezimmertüre.

»Wer ist ein Ekel?« fragte sie.

»Du«, sagten Franziska und Caroline wie aus einem Mund.

Matilda zog ein beleidigtes Gesicht.

»Ich weiß gar nicht, was ihr habt«, sagte sie. »Nur weil ihr den Kerl noch nicht durchschaut habt, und weil er so wunderbar handwerklich begabt ist, muß ich mich doch wohl nicht für den Rest meines Lebens an ihn binden. Ich kann nichts dafür, daß ich ihn nicht mehr liebe.«

»Aber du kannst was dafür, daß du dich wie ein Ekel benimmst«, fauchte Franziska. »Das hat er einfach nicht verdient.«

»Ich bin auch dafür, daß du Cornelius endlich reinen Wein einschenkst«, fand Caroline. »Er weiß sowieso längst, wo der Hase läuft.«

»Dann brauch' ich's ihm ja nicht mehr zu sagen«, meinte Matilda patzig.

»Feigling«, schnaubte Franziska.

»Ist es meine Schuld, wenn er mir trotzdem noch hinterherläuft?« schnaubte Matilda zurück.

»Er läuft dir nicht hinterher«, verteidigte ihn Franziska. »Er läßt uns nur nicht hängen. Das ist was anderes.«

»Also gut«, sagte Matilda. »Dann sag' ich ihm morgen, er soll sich hier nicht mehr blicken lassen.«

»Das läßt du schön bleiben«, rief Franziska. »Er kann so oft herkommen, wie er will!«

»Er ist auch unser Freund«, fügte Caroline hinzu. »Und nur weil du jetzt den angeberischen Felix anhimmelst, wird sich das nicht ändern.«

»Ihr könnt den tyrannischen Langeweiler gerne haben«, rief Matilda und stapfte beleidigt in ihr Zimmer. »Und zwar geschenkt!«

Sie schmiß die Tür hinter sich zu.

»Wie mein Vater«, meinte Franziska. »Kann ich heute nacht bei dir schlafen?«

»Klar«, sagte Caroline. »Meinst du, sie ist jetzt sauer?«

»Ja«, antwortete Franziska. »Aber nicht lange. Das ist das Gute bei ihr.«

Am nächsten Morgen wurde Franziska von dem köstlichen Kaffeeduft geweckt, der unter der Tür in Carolines Zimmer drang. Sie stieß Caroline in die Seite.

»Matilda hat Kaffee gekocht«, flüsterte sie.

Caroline machte die Augen auf und schnupperte.

»O ja«, sagte sie. »Ob sie uns noch böse ist?«

»Sie hat ja keinen Grund«, meinte Franziska. »Und der Kaffee riecht nach Reue.«

Matilda öffnete die Zimmertüre einen Spalt und steckte ihren Kopf herein.

»Der Kaffee ist fertig«, sang sie fröhlich grinsend.

Caroline und Franziska grinsten zurück. Matilda stieß einen erleichterten Seufzer aus, gab der Tür einen Schubs mit dem Fuß und balancierte ein vollbeladenes Tablett zum Bett.

»Macht Platz«, befahl sie.

Sie rückten bereitwillig zur Seite, und Matilda quetschte sich zwischen sie.

»Ich dachte schon, ihr wärt sauer auf mich.«

»Waren wir auch«, stimmte Caroline zu.

»Ich war ein Ekel«, sagte Matilda. »Ihr hattet ganz recht.«

Franziska goß den duftenden Kaffee in die Tassen.

»Genau«, meinte sie zufrieden.

»Ich war so schlecht drauf wegen dieser Peggy«, erklärte Matilda. »Sie sieht so gut aus, daß ich kurz davor war, mir einen echten Minderwertigkeitskomplex zuzulegen. Ihretwegen hätte ich um ein Haar das Schicksal ignoriert und die Sache mit Felix verworfen.«

Caroline und Franziska stöhnten.

»Dabei ist das völliger Quatsch«, fuhr Matilda unbeirrt fort. »Ich sehe doch tausendmal besser aus als diese Peggy, und bis jetzt habe ich auch jeden Mann bekommen, den ich wollte. Da werde ich doch nicht aufgeben, nur weil er den Arm um so ein Blondchen gelegt hat.«

»Und Cornelius?« fragten Franziska und Caroline unisono.

»Nicht schon wieder«, seufzte Matilda und biß in eine Knäckebrotscheibe. »Mit dem werde ich reden, ganz bestimmt. Er wird das schon nicht so schwernehmen.«

Caroline zog die Stirn kraus.

»Ich verstehe dich nicht«, meinte sie. »Cornelius sieht tausendmal besser aus als Felix, er ist intelligent, witzig, lieb, treu und das alles. Dieser Felix dagegen war mir auf Anhieb unsympathisch, so ein richtiger Antityp eben.«

Matilda grinste. »Das ist das gleiche wie bei dir und Robert. Der sieht auch gut aus, ist intelligent und soooo nett. Und trotzdem willst du ihn nicht.«

Caroline schwieg verblüfft.

»Das ist nicht das gleiche«, widersprach Franziska. »Sie hatte ja noch nie was mit Robert. Aber Cornelius und du, ihr seid immerhin seit einem halben Jahr zusammen.«

Matilda gähnte.

»Von mir aus«, sagte sie. »Aber irgendwann muß eben mal Schluß sein. Und ich bin sicher, daß Felix und ich zusammengehören. Ich weiß es ganz einfach.«

Am gleichen Tag trafen Matilda und Caroline abends Felix im Supermarkt Ecke Zülpicher Platz. Er stand beim Gemüse und wog eine dicke Zucchini ab.

Caroline erblickte ihn als erste und wollte das Gemüse weiträumig umfahren.

»Wir brauchen Tomaten«, meinte Matilda und lenkte den Wagen in Felix Richtung. Sie sah ihn erst, als sie direkt vor ihm stand.

»Matilda«, sagte er spöttisch. »So ein Zufall.«

»In der Tat«, entgegnete Matilda und lächelte das allerverführerischste Lächeln, das sie je in ihrem Leben gelächelt hatte. Haarscharf an Felix vorbei.

Es traf den jungen Verkäufer, der hinter ihm faule Mandarinen aussortierte. Der wußte gar nicht, wie ihm geschah. Er bekam feuerrote Ohren.

Matilda registrierte ein leichtes Zucken in Felix Augenwinkel.

›Jetzt habe ich ihn‹, dachte sie triumphierend und glaubte schon die Geigen zu hören, die im Film in solchen Momenten für gewöhnlich einsetzten.

»Die Tomaten!« sagte Caroline und stieß Matilda in die Rippen.

»Darum kümmere mich schon«, meinte Matilda hastig. »Geh du schon mal die Buttermilch holen. Und Klopapier.«

Caroline schüttelte den Kopf und starrte Felix finster an. Matilda sah, wie der Funke in seinem Auge langsam erlosch, und die Geigen in ihrem inneren Ohr verstummten.

»Spielverderberin«, zischte sie. »Geh endlich.«

Aber Caroline rührte sich nicht von der Stelle.

»Bis zum nächsten Mal«, sagte Felix zu Matilda und schob seinen Einkaufswagen weiter zu den Konserven.

»Was soll denn das?« fragte Matilda ärgerlich. »Bist du jetzt meine Anstandsdame?«

»Ja«, antwortete Caroline kurz. »Wenn du dich schon mit diesem Ekel abgeben willst, dann nicht in meinem Beisein.«

»Blöde Nuß«, murmelte Matilda.

Franziska hatte ihre erste Unterrichtsstunde im Fitneßstudio gegeben. Caroline und Matilda warteten am Ausgang auf sie. Sie hatten in den letzten zehn Unterrichtsminuten zugeschaut.

»Wahnsinn«, meinte Caroline beeindruckt. »Welche Körperteile du alles einzeln bewegen kannst.«

»Es hat Spaß gemacht«, sagte Franziska glücklich. »Auch wenn ich jünger bin als meine Schülerinnen.«

»Und schlanker«, meinte Matilda und sah einer der Teilnehmerinnen nach. »So etwas motiviert ungemein.«

»Ich habe Hunger«, sagte Caroline aufs Stichwort.

»Gleich um die Ecke soll ein Bistro sein, wo es geniale Crêpes geben muß«, meinte Franziska. »Das Engelbert, oder so.«

Das »Engelbäät« war eine kleine, gemütliche Kneipe, und die Crêpes waren wirklich genial. Die Mädchen teilten sich eine Flasche Rotwein zum Essen und aßen sich rundherum satt.

Franziska lehnte sich als erste zurück und lächelte zufrieden.

»Schön«, fand sie. »Endlich mal einen Abend ohne Pinsel in der Hand.«

Matilda hatte ihr zweites Grand-Marnier-Crêpe vertilgt und musterte sorgenvoll die nicht vorhandene Wölbung oberhalb der Taille.

»Vielleicht sollte ich auch mal Jazzdance machen«, meinte sie. »Sonst werde ich am Ende zu dick.«

»Sängerinnen können doch gar nicht dick genug sein«, meinte Caroline grinsend. »Das sind oft solche Dampfwalzen. Wegen der Resonanz.«

»Das ist Quatsch«, widersprach Matilda. »Man kann auch schlank sein und gut singen. Aber als Model, da muß man schlank sein.«

»Aha«, sagte Franziska. »Daher weht der Wind.«

»Wir haben den belämmerten Felix heute beim Einkaufen getroffen«, erzählte Caroline. »Matilda hat versucht, ihre Modelkarriere ein bißchen in Gang zu bringen.«

»Aber Caroline ist mir nicht von der Seite gewichen«, ergänzte Matilda. »Sie hat so getan, als hätte Felix eine ansteckende Krankheit.«

»Nein, habe ich nicht. Denn dann würde er mir wenigstens leid tun.«

Matilda wechselte seufzend das Thema. »Wir sind doch jetzt so gut wie fertig mit der Wohnung. Sollen wir nicht so etwas wie eine Einweihungsfete machen?«

»Mein Zimmer ist noch nicht mal annähernd fertig«, widersprach Franziska. »Der ganze Kram von mir steht noch in deinem Zimmer. Und dein Sternboden muß auch noch verlegt werden.«

»Trotzdem, wir können unseren Teilerfolg ruhig ein kleines bißchen feiern«, meinte Caroline. »Am Samstag, wenn die Küche installiert ist.«

»Warum nicht morgen?« fragte Matilda.

»Weil Cornelius morgen Wasserballtraining hat«, erwiderte Franziska.

»Eben«, grinste Matilda.

»Ich möchte gern Peggy aus meiner Erstsemestergruppe einladen«, sagte Caroline zögernd.

»*Die* Peggy?« fragte Matilda. »Diese Barbiepuppe für Arme?«

»Genau die«, nickte Caroline. »Sie ist echt in Ordnung.«

»Wenn die kommt, dann wird Felix ja wohl auch kommen dürfen.«

Franziska lachte. »Wir kennen den Blödmann doch eigentlich überhaupt nicht.«

»Und deshalb können wir ihn auch nicht einladen«, ergänzte Caroline froh.

»Und was, wenn ich ihn bis Samstag kennenlernen würde?«

»Meinst du kennenlernen im biblischen Sinne?« wollte Franziska wissen.

Matilda zuckte geheimnisvoll mit den Schultern.

»Ihr werdet schon sehen«, sagte sie.

* * *

Als Franziska und Caroline am nächsten Morgen die Wohnung verlassen wollten, lag Matilda noch im Bett.

»Du kommst wieder zu spät«, sagte Franziska vorwurfsvoll.

»Ich muß heute nicht zur Hochschule«, murmelte Matilda schläfrig. »Freitags nie.«

»Hast du es gut«, seufzte Caroline. »Obwohl, heute ist Wahrnehmungspsychologie bei Jansen. Das würde ich auch nicht versäumen, wenn ich einundvierzig Grad Fieber hätte.«

»Wer ist Jansen?« fragte Matilda interessiert.

»Jansen ist der schönste, intelligenteste und witzigste Dozent der Uni«, behauptete Caroline. »Tschüß, Matilda. Du kannst ja ein bißchen mit Sigmund spielen, wenn du hierbleibst.«

»Ich habe dich doch vor Professoren gewarnt«, erinnerte Matilda sie. »Die sind noch gefährlicher als Fotografen.«

Franziska sah sie forschend an.

»Am liebsten würde ich die Tür von außen abschließen«, sagte sie. »Ich wette, daß du irgendwas Albernes tust, sobald wir weg sind.«

Matilda grinste breit.

»Ach, was«, meinte sie. »Ich werde mir die Beine rasieren, die Zehennägel lackieren und das Bett frisch überziehen. Lauter harmloses Zeug.«

»Du mußt wissen, was du tust«, meinte Franziska und grinste zurück. »Mach's gut, alte Eule.«

»Ciao, ciao.« Matilda rollte sich wohlig unter ihrer Decke zusammen und schlief noch ein Stündchen.

Felix hatte einen wirklich schwarzen Vormittag hinter sich. Der Auftrag mit der Modezeitschrift war geplatzt und ausgerechnet an seinen ärgsten Konkurrenten gegangen.

Das nette Fräulein vom Finanzamt hatte wieder angerufen und sich diesmal kaum empfänglich für seinen Charme gezeigt. Das Finanzamt saß ihm seit Monaten wegen der Steuern im Nacken. Das war eine Menge Geld, und er hatte den Auftrag für die Modefotos dafür fest einkalkuliert gehabt. So, wie es aussah, mußte er am Ende doch diese Werbekampagne für das Insektenvertilgungsmittel mitmachen, auch wenn es eigentlich seiner Fotografenehre widersprach. Aber die Werbeagentur zahlte bares Geld.

Seufzend wählte er deren Nummer.

Glücklicherweise war der Auftrag noch nicht vergeben. Felix sollte bis nächsten Donnerstag Dias der PARATEX-Sprühflasche und eines nackten Mädchens in einem Bett abliefern.

»In Ordnung«, sagte er, ohne sich groß zu wundern. Die Werbeagentur warb grundsätzlich mit nackten Mädchen. Für alles.

Er legte den Hörer auf und wählte sofort die nächste Nummer. Sallie machte auch Nacktfotos. Für einen kleinen Aufpreis. Aber Sallie wollte nicht für ein Insektenvertilgungsmittel werben. Für alles andere, aber nicht dafür. Klick.

Gut, dann also die nächste. Felix wählte wie besessen. Aber dies war ein wirklich schwarzer Vormittag. Nirgendwo hatte er Glück. Melanie machte gerade Fotos für einen Versandhauskatalog, klick.

Linda zeigte sich grundsätzlich nie unbekleidet vor der Kamera. Peggy, das Biest, lachte ihn einfach aus, klick.

Reneé war im Urlaub, sagte der Anrufbeantworter. Und Tina nannte ihn einen Arsch mit Ohren, daß er es überhaupt noch wagen würde, bei ihr anzurufen.

Und klick.

Felix begann zu verzweifeln und kleine Stoßgebiete in den Himmel zu schicken. Er hatte jetzt zwei Stunden telefoniert und kein Model bekommen. Natürlich gab es Agenturen, aber wenn er deren Preise bezahlte, blieb von dem schönen Geld kaum was fürs Finanzamt übrig. Die ganze Welt schien sich gegen ihn verschworen zu haben. Aber es half ja nun alles nichts, die Fotos mußten bis nächsten Donnerstag bei der Werbeagentur liegen.

Felix hob mißgestimmt den Hörer, um bei der Modelagentur anzufragen.

Genau da klingelte es an der Tür. Und jemand klopfte. Beides gleichzeitig. Felix legte den Hörer auf, um zu öffnen.

Es war die mit der Igelfrisur und den langen Beinen aus der Wohnung darunter. Matilda.

Sie lächelte ihn strahlend an.

»Hi«, sagte sie fröhlich. »Ich backe gerade Kuchen, und da wollte ich fragen, ob ihr vielleicht Eier habt.«

Felix nickte geistesabwesend.

Na, also! Seine Gebete waren erhört worden. Das Mädel sah echt toll aus. Fast zu schön für die PARATEX-Dose. Aber sie war die Antwort auf seine Probleme! Und so scharf auf ihn, daß sie ihn nichts kosten würde, wenn er es nur richtig anstellte.

»Komm mit zum Kühlschrank«, schlug er vor und setzte unvermittelt hinzu: »Hast du eigentlich schon mal an eine Modelkarriere gedacht?«

Matilda folgte ihm überrascht in die Kochecke. Das mit den Eiern war zwar ein alter Hut, funktionierte aber immer noch besser, als sie es sich hätte träumen lassen.

»Nö«, log sie.

Natürlich hatte sie schon mal an eine Modelkarriere gedacht. Wer würde das nicht tun, wenn er so gut aussehen würde wie sie?

»Du bist genau der Typ, der im Augenblick gefragt ist.« Felix öffnete den Kühlschrank. »Wie viele Eier brauchst du denn?«

»Wirklich?« fragte Matilda. Die Eier sind mir scheißegal, Mann.

»Absolut«, meinte Felix. »Das Gesicht, die Figur, die richtige Größe, alles ideale Voraussetzungen.«

Matilda strahlte. Wahnsinn.

»Ein Model braucht allerdings das gewisse Etwas, das hinterher auf den Fotos rüberkommen muß«, fuhr Felix fort.

»Und woher weiß man, ob man das hat?«

»Ich könnte jetzt einfach Probefotos von dir schießen«, meinte Felix leichthin. »Dann wüßten wir's.«

»Jetzt sofort?« fragte Matilda begeistert.

»Ach ja, du wolltest Kuchen backen«, sagte Felix bedauernd. »Schade.«

»Der Kuchen kann warten«, erwiderte Matilda schnell. »Wenn du jetzt Zeit hast.«

»Ich hab wahnsinnig viel zu tun«, log Felix. »Aber ich glaube, das hier könnte wichtig sein.«

Matilda sah sich um. Das Dachstudio hatte zwei Schlafzimmer, eins für Robert, eins für Felix, ein Badezimmer und einen Verschlag, den Felix als Dunkelkammer nutzte. Der ganze Rest war eine reizvolle Mischung aus Wohnzimmer, Eßzimmer, Küche und Fotostudio. Eine weiße, aufgerollte Fotowand stand mitten im Raum, davor und daneben Fotoleuchten, Stative mit zwei Kameras und ein Rollwagen mit verschiedenen Objektiven und anderem professionell aussehendem Zubehör. Matilda war beeindruckt.

»Was muß ich tun?« fragte sie eifrig.

Felix legte, zufrieden vor sich hin schmunzelnd, einen neuen Film ein. Die Mädels waren doch alle gleich, wenn sie das Wort Model hörten. Und dieses Igelköpfchen hier machte es ihm besonders leicht.

»Stell dich vor die Wand«, sagte er. »Ja, genau dahin. Ich verschieße einfach einen Film, Portraits, Halbportraits, Ganzkörper, okay?!«

»Okay.«

Matilda konnte ihr Glück kaum fassen. So ein simpler Trick, das mit den Eiern, und schon begann ihre Karriere als Fotomodell! Das war wirklich der helle Wahnsinn.

Felix knipste die Lampen ringsherum an und hielt einen Belichtungsmesser an ihre Wange.

»Toller Teint«, murmelte er. »Braucht kein Puder.«

›Da ist ja auch schon Puder drauf‹, dachte Matilda. ›Als ob ich es geahnt hätte.‹

Felix stellte sich hinter seine Kamera.

»Guck einfach ganz normal«, sagte er und drückte auf den Auslöser. »Oder mach, wonach dir zumute ist.«

Das ließ sich Matilda nicht zweimal sagen. Sie lächelte so verführerisch wie möglich.

»Sehr gut«, sagte Felix und betätigte den Auslöser.

Matilda lächelte sechsunddreißig Mal. Mit jedem Mal verführerischer.

»Ja«, rief Felix begeistert. »Du machst das großartig. Dieser Blick macht mich ganz wahnsinnig.«

Ja, gut so, dachte Matilda. Ich bin aber auch unwiderstehlich. Gleich wirst du mich auf das schwarze Sofa werfen und mit Küssen bedecken. Sie lächelte, was das Zeug hielt.

Der Film war nach kaum zehn Minuten voll. Felix holte ihn aus der Kamera.

»Das war's erstmal«, meinte er. »Du hast dich super angestellt. Wie ein Profi.«

»Und jetzt?« Matilda lächelte noch ein siebenunddreißigstes Mal.

»Jetzt kannst du weiter Kuchen backen«, sagte Felix und schob sie zum Ausgang. »Ich bringe den Film weg und sag dir dann Bescheid.«

»Ja, dann«, murmelte Matilda verblüfft.

Felix schloß die Tür hinter ihr, und sie stakste die Treppe hinab, keine zwanzig Minuten, nachdem sie gekommen war. Schade, er hatte sie nicht auf das schwarze Sofa geworfen. Dabei hätte sie schwören können, daß er's vorhatte. Aber immerhin, das mit den Fotos war auch schon was. Franziska und Caroline würden staunen. Und Cornelius auch. Der ganz besonders, der Arme.

Matilda grinste zufrieden vor sich hin.

* * *

Am nächsten Morgen sollte endlich die Küche geliefert werden. Franziska hatte deshalb alle schon um acht aus dem Bett geworfen. Aber die Monteure ließen auf sich warten.

Um kurz vor zehn klingelte es endlich.

»Das wurde aber auch Zeit«, knurrte Franziska, betätigte den Türöffner und riß gleichzeitig die Wohnungstür auf.

Davor stand Felix, in schwarzen Jeans und schwarzem Rollkragenpullover, ebenfalls gerade im Begriff zu klingeln.

»Hol mir mal die Matilda her«, sagte er grußlos.

Franziska ärgerte sich. Nicht mal ein Hallo konnte der sich abringen. So ein arrogantes Ekel! Das beste würde sein, ihn vollkommen zu ignorieren. Sie trat an ihm vorbei ans Geländer und beugte sich in die Tiefe. Die Küchenmonteure rumpelten schwerbeladen die Treppe hoch.

»Dritter Stock«, rief sie ihnen aufmunternd zu.

Felix betrat die Wohnung und öffnete Carolines Zimmertür, ohne anzuklopfen, versteht sich. Er sah sich interessiert um. Caroline klopfte ihm von hinten auf die Schulter.

»Wenn du Matilda suchst, die ist in der Küche«, sagte sie. »Das hier ist mein Zimmer.«

»Dann bist du das mit dem Rosatick«, stellte Felix fest. »Grauenhaft.«

»Aha, ein Farbexperte«, meinte Caroline gereizt und musterte ihn vom schwarzen Kragen bis zu den schwarzen Socken. »Ein Farbexperte im Beerdigungsoutfit. Wie sind denn die Wände in deiner Wohnung? Schwarz?«

Die Küchenmonteure im Blaumann schoben laut stöhnend schwere Geräte in den Flur. Franziska zeigte ihnen die Küche.

»Eine blaue Küche«, sagte Felix. »Hast du die ausgesucht?«

Caroline nickte stolz.

»Grauenhaft«, sagte Felix.

»Du bist auch grauenhaft«, entgegnete Caroline und würdigte ihn fortan keines Blickes mehr.

Damit die Blaumänner mit ihren Kisten in die Küche paßten, mußte Matilda dieselbe verlassen. Sie kam in den Flur hinaus.

»Wolltest du zu mir?« fragte sie erfreut, als sie Felix dort stehen sah.

»Ja«, sagte Felix und winkte mit einem Umschlag in seiner Hand. »Ich habe die Abzüge.«

»So schnell?« Matilda riß begierig den Umschlag auf.

»Ich habe Connections«, erklärte Felix. »Hör mal, ich will wirklich nicht schleimen oder so, aber du hast einfach das gewisse Etwas, das vielleicht nur eins von hundert Models mitbringt. Wenn du den Mumm dazu hast, kannst du ganz groß rauskommen.«

Matilda betrachtete ihre lächelnden Abbilder. Sie gefiel sich ausnehmend gut.

»Meinst du wirklich?« fragte sie begeistert.

»Ja«, sagte Felix. »Sonst würde ich mich überhaupt nicht mit dir abgeben. Aber aller Anfang ist schwer. Bis der Rubel erst mal rollt, wird es ein Weilchen dauern.«

»Das ist mir egal«, rief Matilda glücklich. »Was muß ich tun?«

»Ich könnte von dir eine Set-Card fertigen und eine Mappe mit den besten Fotos zusammenstellen, mit der du dich bei den richtigen Leuten vorstellen kannst«, erklärte Felix. »Und daß du überhaupt bis zu denen vordringst, dafür kann ich auch sorgen. Wenn du mitmachst.«

»Wahnsinn«, rief Matilda. »Klar mach' ich mit.«

Felix lächelte triumphierend. Gott, war die naiv! Jetzt brauchte er sie nur noch ins Bett zu kriegen, möglichst nackt, und die PARATEX-Kampagne war gerettet.

»Gut«, sagte er. »Dann sollten wir keine Zeit verlieren. Kommst du mit hoch?«

»Jetzt sofort?« Matilda hob bedauernd die Schultern. »Heute kann ich wirklich nicht. Du siehst doch das Chaos hier.«

»Gut, dann morgen«, bestimmte Felix. »Um elf.«

»In Ordnung«, sagte Matilda froh. »Kann ich die Fotos solange behalten?«

»Klar«, sagte Felix. »Die schenk ich dir. Wir sehen uns morgen.«

»Ciao, bis morgen«, sagte Matilda hinter ihm her und stürzte in die Küche.

Ohne Rücksicht auf die Anwesenheit der Küchenmonteure warf sie alle sechsundreißig Abzüge von sich auf einmal in die Luft und ließ sie auf den Boden rieseln, wie die Lottogewinner im Film die Tausendmarkscheine.

»Ich werde ein Model«, schrie sie. »Was sagt ihr jetzt!?!«

Franziska, Caroline und die Monteure bückten sich nach den Fotos.

»Nicht schlecht«, murmelte der eine im Blaumann und pfiff durch die Zähne. »Nicht schlecht, wirklich.«

Franziska schaute perplex von der Matilda auf dem Foto zu der echten hinüber.

»Wann hast du die denn gemacht?«

»Gestern erst«, sagte Caroline. »Felix hat sie gemacht. Ich durfte dir nichts davon sagen.«

»Es sollte eine Überraschung werden«, rief Matilda. »Ich wollte dein Gesicht sehen. Und das lohnt sich, haha!«

»Wie hast du das nur angestellt?« fragte Franziska mit unverhohlener Bewunderung in der Stimme. »Wenn ich mir überlege, daß du vorgestern gerade mal zwei Worte mit ihm gewechselt hattest.«

»Ich hab's euch doch gesagt«, triumphierte Matilda. »Ich schaffe immer alles, was ich mir vornehme.«

»Sei bloß vorsichtig«, seufzte Franziska. »Das ist mir nicht geheuer.«

Die Monteure benötigten weniger als drei Stunden, um alle Geräte komplett einzubauen, die Oberschränke zu befestigen und die Kranzleiste anzubringen. Die Fronten glänzten leuchtend blau.

»Fast zu schön, unsere Küche«, meinte Franziska.

»Ja, aber die kleinen Fehler verpassen ihr den nötigen Charme«, fand Caroline.

»Und der Karton, den wir als Tisch haben, bildet den nötigen Kontrast«, ergänzte Matilda.

Sie gab den Monteuren zehn Mark Trinkgeld.

»Das war alles, was ich noch im Portemonnaie hatte«, sagte sie gutgelaunt. »Es wird Zeit, daß ich meine Modelkarriere starte und ordentlich Geld nach Hause bringe.«

Kaum hatten die Monteure die Wohnung verlassen, klingelte es erneut.

»Das ist sicher Cornelius«, sagte Franziska und sprang auf. »Zum Fußbodenabschleifen.«

»Oder es ist Peggy«, meinte Caroline. »Wir wollten zusammen an einem Referat arbeiten.«

»Mit dieser blöden Tucke?« fragte Matilda.

»Du kennst sie doch überhaupt nicht«, sagte Caroline ärgerlich. »Du siehst sie bloß als Konkurrenz. Nur weil sie für Felix als Model arbeitet. Und weil sie blond ist.«

»Felix hat jetzt ein dunkelhaariges Model. Und das bin ich.«

»Du bist blöd«, sagte Caroline und horchte in den Flur hinaus. »Es ist Cornelius. Wann willst du endlich mit ihm reden?«

Matilda zog die Stirn kraus und erhob sich. »Wenn es wirklich sein muß, von mir aus jetzt gleich.«

»Das finde ich gut«, meinte Caroline anerkennend hinter ihr her.

Matilda zog den überraschten Cornelius in ihr Zimmer.

»Ich soll mit dir reden«, sagte sie unwirsch und schloß die Tür.

Franziska sah Caroline fragend an.

»Sie macht endlich Schluß«, erklärte Caroline.

Franziska nickte erleichtert.

»Das wurde auch Zeit«, sagte sie. »Komm, wir räumen die Schränke ein und probieren aus, wie der Herd funktioniert.«

Es gab eine Menge Kartons mit Gläsern, Porzellan und anderem Küchenkram auszupacken. Franziska spülte, und Caroline trocknete ab. Eine Weile arbeiteten sie schweigend nebeneinander.

»Weißt du, was ich denke?« fragte Caroline schließlich. »Zu dir würde Cornelius eigentlich viel besser passen als zu Matilda.«

»Cornelius würde zu *jedem* besser passen als zu Matilda«, entgegnete Franziska heftig.

»Warum wirst du rot?« fragte Caroline und grinste. »Ich meine, das wäre doch für alle die beste Lösung.«

»Ich hätte keine Lust, nur ein Trostpflaster für Cornelius zu sein«, erklärte Franziska. »Außerdem bin ich nicht rot geworden.«

»Bist du doch. Ah, die Aussprache scheint zu Ende zu sein.«

Im Flur gingen ein paar Türen auf und zu, und Matilda spazierte zur Küche hinein.

»So«, sagte sie fröhlich. »Das wäre geschafft.«

»Ist Cornelius nach Hause gegangen?« fragte Caroline.

»Warum?« fragte Matilda zurück. »Er ist in Franziskas Zimmer und schleift den Fußboden ab, wie vereinbart.«

»Wie hat er es denn aufgenommen«, wollte Franziska wissen.

»Och, ganz tapfer«, sagte Matilda leichthin und räumte die Buttermilch aus dem Pappkarton in den neuen Kühlschrank. »Er fand auch, das sei das beste so. Stellt euch vor, er hat mir über den Kopf gestrichen wie ein alter Onkel und mich vor bösen Fotografen gewarnt. Ich könnte jederzeit mit seiner Hilfe rechnen, wenn ich in Schwierigkeiten geriete, hat er gesagt.«

»Wie lieb«, sagte Franziska gerührt. »Und wie gut er dich kennt.«

Es klingelte wieder. Diesmal war es Peggy. Sie zog ihre Jacke aus und schüttelte sich angewidert.

»Wer war denn der alte Knacker, der mich im Hausflur begrabscht hat?«

»Das kann nur Herr Kleinschmidt gewesen sein«, meinte Caroline. »Hat er nach Hund gerochen?«

Peggy nickte. »Nach Hund und Linseneintopf.«

»Dann war er's«, meinte Caroline. »Schön, daß du gekommen bist. Du kannst gleich unsere neue Küche bewundern. Eben erst montiert.«

Franziska und Matilda waren immer noch dabei, die Kartons leer- und die neuen Schränke einzuräumen.

»Jetzt haben wir so eine schicke Kochzeile und immer noch einen Pappkarton als Eßtisch«, meinte Matilda und gab dem provisorischen Küchentisch einen Tritt. »Wir könnten wirklich einen etwas stabileren gebrauchen.«

»Bei meinen Eltern im Keller stehen mindestens drei alte Tische herum«, sagte Franziska. »Aber die frage ich ums Verrecken nicht, das verstehst du doch.«

»Ja, ja«, antwortete Matilda. »Aber ich könnte meine Schwester fragen. Die wirft nichts weg, und ich gehe jede Wette ein, daß auf deren Dachboden auch noch ein paar brauchbare Möbel rumstehen. Soll ich?«

»Klar«, meinte Franziska und lächelte Peggy an, die mit Caroline in der Türe erschien. »Oh, hallo, kennen wir dich nicht irgendwoher?«

»Hallo«, entgegnete Peggy. »Ja, wir haben uns neulich im Hausflur gesehen. Mit Felix. Ich bin Peggy, aus Carolines Erstsemestergruppe.«

»Ich erinnere mich«, sagte Matilda kühl. »Vage.«

»Ja, ich auch.« Peggy lächelte. »Du bist sicher Matilda. Felix hat gesagt, daß er von dir Fotos gemacht hat. Du bist doch *die* Matilda?«

»Richtig«, antwortete Matilda selbstsicher. »*Die* Matilda.«

»Wie *die* Garbo?« fragte Peggy ironisch.

Matilda lächelte überlegen. »Wieso nicht? Wer weiß, vielleicht…?«

»Laß mich raten: Felix sagt, er bringt dich ganz groß raus. Stimmt's?« fragte Peggy.

»Was dagegen?«

Nebenan in Franziskas Zimmer brummte Cornelius' Schleifmaschine los.

»Natürlich nicht«, sagte Peggy freundlich. »Aber ich gebe dir einen guten Rat: Fall nicht auf Felix' Gerede rein. Du wärst nicht die erste, die er ausnutzt. Der Typ geht nämlich über Leichen.«

»Das tut Matilda auch«, meinte Franziska. »Ich seh' mal, was Cornelius macht.«

Sie steckte vorsichtig den Kopf in ihr Zimmer. Die Luft hing voller winziger, kackbrauner Lackpartikelchen, so dicht, daß sie Cornelius kaum erkennen konnte.

»Hi«, brüllte sie. »Kann ich irgendwie helfen?«

Das Schleifgerät machte einen höllischen Lärm. Cornelius schaltete es aus.

»Nein«, meinte er mit ganz normaler Stimme. Er hatte sich eine Art Mullwindel vor Mund und Nase gebunden und trug eine Schutzbrille. Haare und Stirn waren völlig eingestaubt, so daß Franziska beim besten Willen nicht erkennen konnte, was für ein Gesicht er machte.

»Geht es dir gut?« fragte sie.

»Ja, natürlich«, antwortete Cornelius. Es klang erstaunt. »Warum fragst du?«

»Ich dachte ..., ich dachte, ich könnte dir vielleicht helfen«, stotterte Franziska.

»Du hilfst mir am meisten, wenn du aus dem Zimmer gehst, okay? Der Staub ist mörderisch.«

»Und es macht dir nicht aus, hier so ganz alleine zu arbeiten?« fragte sie besorgt.

»Natürlich nicht«, sagte Cornelius freundlich. »Die Wände können wir ja dann wieder zusammen streichen.«

* * *

Caroline lächelte verzückt.

»Der Jansen ist so – « Sie stockte. »Ich kann es einfach nicht mit Worten ausdrücken.«

Peggy nickte ernsthaft. »Besser, du versuchst, es mit Worten auszudrücken, als mit Taten.«

»Redet ihr von Mitessern?« fragte Franziska, die Cornelius wie befohlen alleingelassen hatte und weiter die Küchenschränke einräumte.

»Von so was Ähnlichem«, antwortete Peggy. »Von unserem Carolinenschwarm, dem schönsten Professor der Welt.«

»Ich dachte, ihr wolltet an eurem Referat arbeiten.«

»Das ist gar nicht so einfach«, erklärte Caroline. »Ich muß ununterbrochen an Jansen denken und unbedingt mit jemandem darüber reden, der ihn kennt.«

»Du kennst den?« fragte Franziska Peggy.

»Nicht mehr als Caroline. Aber ich kenne ein paar Frauen, die mal was mit ihm hatten«, erklärte Peggy. »Die sind alles andere als gut auf ihn zu sprechen. Aber Caroline hört ja nicht auf mich.«

»Ja, und?« mischte Matilda sich ein und räumte den letzten Karton leer. »Caroline braucht einen erfahrenen Mann.«

»Sie himmelt ihn ja Gott sei Dank nur aus der Ferne an«, meinte Peggy boshaft. »Sie steht klugerweise nicht plötzlich vor seiner Tür, um sich Eier zu leihen, oder so ein Blödsinn.«

»So was wäre kein Blödsinn«, meinte Matilda ungerührt. »Jemandem von weitem anzuhimmeln, *das* ist Blödsinn. Völlig überflüssig so was. Caroline sucht jemanden, der sie entjungfert, und dieser Jansen gefällt ihr. Was spricht also dagegen, daß sie bei ihm vor der Tür steht?«

»Du hast es doch gehört«, sagte Franziska. »Der hatte schon jede Menge laufen mit Studentinnen.«

»Außerdem würde der bloß dumm gucken, wenn ich mir von ihm ein paar Eier leihen wollte«, meinte Caroline. »Abgesehen davon, daß ich mich sowas niemals trauen würde.«

»Es gibt jede Menge andere Möglichkeiten«, behauptete Matilda. »Wenn du nicht länger als Jungfrau rumlaufen willst, mußt du langsam mal die Initiative ergreifen.«

»Laß sie«, sagte Franziska. »Wenn es ihr nur *darum* ginge, könnte sie jederzeit mit Robert ins Bett. Zum Beispiel.«

»Nein, danke«, sagte Caroline. »Wo ist Robert eigentlich? Gestorben? Ich habe ihn schon über vierundzwanzig Stunden nicht gesehen.«

Peggy grinste. »Ich fürchte, Caroline verliebt sich nur in Männer, die sie sowieso nicht haben kann. Das ist ein psychologisches Phänomen. Selbstschutz. Sagt mal, wie habt ihr eigentlich die Wand so hingekriegt, daß es aussieht wie der Putz in einer Schloßküche aus einem Märchenfilm?«

Franziska weihte Peggy bereitwillig in das Geheimnis ihrer Schwamm-Wisch-Technik ein. Matilda hörte nicht zu.

»Völliger Quatsch«, sagte sie leise zu Caroline. »Man kann jeden Mann bekommen, den man haben will.«

»Und wie würdest du das anstellen?« fragte Caroline ebenso leise zurück.

»Das kommt ganz darauf an«, meinte Matilda.

Caroline warf einen Blick zur Seite. Peggy und Franziska waren in ein angeregtes Gespräch vertieft. Sie rückte noch ein Stückchen näher an Matilda heran.

»Worauf?« flüsterte sie.

»Man kann den direkten Weg wählen«, erklärte Matilda. »Der ist bei den meisten Männern am wirkungsvollsten.«

»Und wie geht der direkte Weg?«

»Du gehst zum Objekt deines Interesses und sagst ihm, daß du mit ihm schlafen willst«, sagte Matilda. »Das funktioniert in achtzig Prozent aller Fälle.«

Caroline stöhnte entsetzt auf. »Der direkte Weg ist schon mal nichts für mich. Gibt es noch andere?«

»Eine Million«, sagte Matilda. »Du mußt ihm irgendwo außerhalb der Uni begegnen. Außerhalb der gewohnten Umgebung. Das ist das ganze Geheimnis. Psychologie. Wenn er Wasserball spielen würde wie Cornelius, könnte ich dir ein paar ganz raffinierte Tricks verraten.«

»Ich glaube nicht, daß er Wasserball spielt.«

»Weißt du denn, wo er wohnt?«

»Er wohnt nur ein paar Straßen von der Fakultät entfernt«, sagte Caroline. »In einem Haus mit Blick auf eine wundervolle Kastanienallee. Im Erdgeschoß.«

»Aha«, machte Matilda bedeutungsvoll.

»Das weiß ich von Peggy«, setzte Caroline schnell hinzu. »Er kommt immer zu Fuß ins Institut.«

»Das sind ganz ideale Bedingungen«, meinte Matilda erfreut. »Du kennst seinen Heimweg, du weißt, wo er wohnt, und du kennst seinen Stundenplan. Besser kann es gar nicht sein.«

»Was würdest du also tun?«

»Tja, da gibt es eine Menge Möglichkeiten«, erklärte Matilda. »Du könntest zum Beispiel auf dem Weg unmittelbar vor seinem Haus einen Platten an deinem Fahrrad haben.«

»Ich fahre nie mit dem Fahrrad. Ich habe hier überhaupt keines.«

»Ich leih dir meins«, sagte Matilda ungeduldig. »Also, du hast einen Platten direkt vor dem Haus. Du kniest ganz unglücklich davor, gerade als er den Weg entlang kommt. Natürlich erkennt er dich, fragt, ob er dir helfen kann. Und – ach ja, das habe ich ganz vergessen, es regnet in Strömen. Kleine, glitzernde Tropfen hängen an deinen langen Wimpern wie Tränen, ach, ach ja. Wer könnte da schon widerstehen?«

»Das klingt wie in einem Roman. Einem, den ich nicht zu Ende lesen würde«, kicherte Caroline. »Nur so zum Spaß, wie geht es weiter?«

»Pah«, machte Matilda. »Das ganze Leben ist ein Roman. Und es liegt bei dir, ob es ein langweiliger oder ein spannender Roman wird.«

»Bis jetzt war er ziemlich langweilig«, gab Caroline ungern zu.

»Ja. Es wird höchste Zeit, daß er nicht mehr jugendfrei ist«, meinte Matilda und lachte. »Also, er wird dich natürlich mit zu sich nach Hause nehmen, damit du dich aufwärmst. Und dann geschieht der Rest von ganz allein. Sicherheitshalber hast du natürlich Kondome in der Tasche.«

»Das, was du Rest nennst, ist doch von allem das schwierigste«, seufzte Caroline.

»Glaub mir«, widersprach Matilda, »wenn du nur erst

mal bei ihm in der Wohnung bist, geht alles andere von ganz allein. Willst du, daß ich dir mein Fahrrad leihe?«

Caroline grinste.

»Nur, wenn du niemandem davon erzählst«, meinte sie. »Obwohl, das würde sowieso keiner glauben.«

»Was würde keiner glauben?« fragte Peggy.

»Och, nichts«, sagte Caroline und zwinkerte Matilda verschwörerisch zu.

»Ich wette, du traust dich nicht«, flüsterte Matilda. »Um deine silbernen Delphinohrringe.«

»Also gut«, meinte Caroline. »Die Wette gilt.«

* * *

Felix sah ungeduldig auf die Uhr.

»Ich dachte, du wolltest um zehn Uhr wegfahren«, sagte er zu Robert, der sich auf der schwarzen Couch lümmelte. »Was suchst du noch hier?«

»Oh, das hat sich zerschlagen«, antwortete Robert. »Ich werde den Sonntag mal in meinen vier Wänden verbringen.«

»O nein, das wirst du nicht«, sagte Felix. »Ich hatte fest eingeplant, daß du heute nicht da bist.«

»Damenbesuch, was?« Robert grinste. »Hast du deshalb dein Bett frisch überzogen?«

Felix schwieg. Er hatte seine allerschönste Designerbettwäsche sogar extra gebügelt. Gut, daß Robert das nicht mitgekriegt hatte.

»Ich weiß gar nicht, warum ich gehen muß«, maulte Robert. »Du hast doch ein Schlafzimmer für dich ganz allein. Ist es denn jemand, den ich kenne?«

Felix sah wieder auf die Uhr. »Mensch, Robert! Es ist wirklich sehr wichtig für mich, daß du jetzt verschwindest. Meine berufliche Zukunft hängt davon ab.«

Robert zog erstaunt die Augenbrauen hoch. »Wer kommt denn? Die Chefredakteurin der Elle? Dann bleibe ich natürlich erst recht.«

»Ach, Scheiße«, sagte Felix. »Es kommt ein Model wegen einer Kampagne, die sehr wichtig für mich ist, weil ich mit dem Geld die Steuern bezahlen kann. Und dabei kann ich dich nicht gebrauchen. Jetzt hau schon ab.«

Robert setzte sich auf. »Hör mal, wenn du Probleme hast, kannst du ruhig mit mir darüber sprechen. Ich helfe immer, wenn ich kann.«

»Du hast doch noch weniger Geld als ich«, meinte Felix und grinste nervös. »Ich brauche die Kohle echt dringend, Kumpel. Bitte, laß mich ein paar Stunden in der Wohnung allein.«

»Also gut«, seufzte Robert. »Aber sag mir erst, wer sie ist.«

Felix räusperte sich ausgiebig.

»Es ist diese Matilda von unten«, sagte er dann. »Sie ist echt ganz begabt.«

»Wenn du von Matilda Fotos machst, kann ich doch hierbleiben«, meinte Robert mißtrauisch. »Ich kann mir nicht vorstellen, daß sie das stören würde.«

»Aber mich stört's«, knurrte Felix. »Jetzt mach schon, Robert. Ich mische mich ja auch nicht in deine Angelegenheiten.«

»Das hier ist was anderes. Matilda ist Carolines Freundin. Und ich möchte nicht, daß du krumme Sachen mit ihr machst.«

»Ich mache nichts, was sie nicht auch will«, erklärte Felix. »Versprochen. Ich kann nichts dafür, daß die Frauen alle so scharf auf mich sind.«

Robert seufzte. »Ich weiß es nicht. Vermutlich verhext du sie irgendwie, sonst gibt es eigentlich keine Erklärung für dieses Phänomen. Wie hieß noch mal die eine, der wir neulich begegnet sind? Die auf die andere Straßenseite gegangen ist und sich fünfmal bekreuzigt hat.«

»Das war die Dings, die Isabell«, erinnerte sich Felix. »Die ist so katholisch, daß sie glaubt, wir müßten heiraten, weil wir miteinander geschlafen haben. Aber jetzt zisch endlich ab, es ist schon eine Minute vor elf.«

Robert nahm seine Jacke.

»Gut«, sagte er. »Ich werde Caroline fragen, ob sie Lust hat, mit mir auf den Flohmarkt zu gehen. Aber um drei bin ich wieder hier. Spätestens.«

Das waren immerhin vier Stunden. Felix rechnete. Für großartige, langwierige Verführungszeremonien blieb da keine Zeit mehr. Aber Matilda war so scharf auf ihn, daß er sich die vielleicht auch schenken und gleich zur Sache kommen konnte. Direkt, wenn sie zur Tür reinkam. Wortlos. Die Überrumpelungsmasche war immer noch die beste. Felix schubste Robert in den Flur hinaus.

Ja, so könnte es klappen. Matilda würde bereitwillig in seine Arme sinken, und anschließend, wenn sie entspannt und zufrieden in seinem Bett lag, brauchte er nur noch ein paarmal auf den Auslöser zu drücken – und die PARATEX-Kampagne war gelaufen.

»Was machst du da?« fragte Matilda erstaunt und setzte sich auf.

Felix schleppte seine Fotolampen heran und postierte sie rund um das zerwühlte Bett.

»Du siehst so süß aus«, sagte er. »So verwuschelt, sinnlich und zufrieden. Das hier ist ein ganz besonderer Augenblick. So was muß ich einfach festhalten.«

Er brachte seine Kamera mit dem Stativ herein und baute sie vor dem Bett auf.

»Machst du immer Fotos in solchen Augenblicken?« fragte Matilda kichernd.

Sie fand, daß es zu komisch aussah, wie er so völlig unbekleidet mit der Kamera herumhantierte. Felix machte ein gekränktes Gesicht.

»Ich dachte, das wäre auch für dich ein ganz besonderer Moment«, meinte er beleidigt.

»Natürlich«, sagte Matilda beschämt.

Tatsächlich konnte sie es immer noch nicht ganz fassen, daß sie jetzt hier in seinem Bett lag. Nicht, daß sie ausgeschlossen hätte, daß es heute passieren würde. Aber wie Felix sie direkt von der Tür weg verführt hatte, fast ohne Worte, das war selbst ihr bisher noch nie passiert.

Es war hinreißend gewesen. So, wie man es immer in den Magazinen lesen konnte. Zwei Menschen sehen einander an und wissen genau, was im anderen vorgeht. Ohne dieses ganze Getue drumherum. Sex total. Wahnsinn.

Felix schaltete die Lampen ein. Sie tauchten Matilda in gleißendes Licht.

»Wenn du wüßtest, wie schön du bist«, sagte er.

Sie lächelte ihm verliebt zu, und Felix drückte begeistert auf den Auslöser. Er verschoß zwei Filme von der nackten Matilda in seinem Bett. Zweiundsiebzig wundervolle Fotos.

»Schade, daß man die nicht für deine Set-Card verwenden kann«, sagte er schließlich. »Du siehst so schnuckelig aus, echt.«

»Welche Sorte Fotos gehören denn auf die Set-Card«, wollte Matilda wissen.

»Ein Portrait, ein Modefoto und eines in Unterwäsche oder Badeanzug«, erklärte Felix. »Und in die Mappe kommt alles, was gut ist. Da muß man schon ein paar hundert Fotos zur Auswahl haben.«

Er holte den vollen Film aus der Kamera.

»Eine gute Mappe ist die Visitenkarte des Models«, erklärte er. »Die Mädchen zahlen sich dumm und dämlich dafür.«

Matilda machte ein erschrockenes Gesicht.

»Wieviel nimmst du denn normalerweise für so was?«

»Keine Angst, bei dir ist es umsonst«, sagte Felix und lächelte ungefähr so, wie der böse Wolf Rotkäppchen angelächelt haben muß, damit es vom Wege abging.

»Und bei den anderen?«

»Bei Fremden nehme ich für die ganze Set-Card um die fünfzehnhundert Mark, bei Freunden mach ich's billiger.«

»Eintausendfünfhundert Mark?« wiederholte Matilda. »Das ist aber eine Menge Geld, das dir jetzt durch mich durch die Lappen geht.«

»Laß das mal meine Sorge sein«, sagte Felix und grinste. Jetzt hatte er das Igelköpfchen genau, wo er es hatte haben wollen. Matilda kletterte aus dem Bett und schmiegte sich an seinen nackten Rücken.

»Ich will nicht, daß du dich meinetwegen ruinierst«, sagte sie. »Ich würde es dir gern bezahlen, aber leider bin ich im Augenblick ziemlich knapp bei Kasse.«

»So was will ich nicht hören«, meinte Felix mit gespielter Empörung. »Als ob ich von dir Geld nehmen würde!«

Matilda lächelte ihn an.

»Du bist so lieb«, sagte sie. »Aber ich fühle mich nicht wohl bei der Sache. So, als würde ich dich ausnutzen, verstehst du?«

»So ein Blödsinn«, behauptete Felix hinterlistig. »Wenn du später mal ein erfolgreiches, gefragtes Model bist, öffnest du mir schon die richtigen Türen. In unserer Branche wäscht eine Hand die andere.«

»Ich werde mich nur von dir fotografieren lassen«, versprach Matilda. »Aber bis es soweit ist, stürzt du dich meinetwegen in Unkosten. Und das will ich nicht.«

»Du kannst mir ja das Honorar für dein erstes verkauftes Foto versprechen«, schlug Felix vor. »Oder noch besser, du überschreibst mir einfach direkt die Rechte für das allererste Foto, das wir verkaufen können. Das Geld, was wir dabei einnehmen, ist dann gleichzeitig mein Honorar. Wie wäre das?«

»Für die ersten hundert Fotos, wenn du willst«, sagte Matilda überschwenglich. »Aber wirklich.«

»Das erste reicht«, sagte Felix. »Wenn du dich dabei besser fühlst, können wir es schriftlich machen.«

Matilda nickte. Sie lachte, als er sich daraufhin sofort nackt vor den Computer hockte und einen Vertrag aufsetzte.

Sie schob seinen Zopf zur Seite und küßte ihn von hinten auf den Nacken.

»Du bist so süß«, sagte sie begeistert. »Weißt du, daß deine Peggy mich vor dir gewarnt hat? Sie hat gesagt, du hättest finstere Machenschaften mit mir vor, und Caroline und Franziska haben ihr nur zu gern geglaubt. Und dabei bist du so korrekt.«

»Das ist nicht meine Peggy«, widersprach Felix und stellte den Drucker an. »Wir sind nur Freunde, sonst nichts.«

Matilda strahlte.

»Ich hab' doch jetzt dich«, sagte Felix und hielt ihr den frischgedruckten Wisch unter die Nase. »Du bist was ganz Besonderes.«

Und Matilda setzte daraufhin fröhlich ihre Unterschrift unter den Vertrag. Das Schaf.

* * *

Der Fußboden in Franziskas Zimmer war endlich fertig geworden. Franziska hatte gründlich staubgesaugt und auch die letzten Lackpartikelchen mit einem feuchten Lappen aus den Ecken gewischt.

»Phantastisch!« rief Caroline. »Richtiges, echtes Parkett.«

»Holzdielen, richtige, echte Holzdielen«, verbesserte Cornelius und packte seine Sachen zusammen. »Mir gefällt's auch. Schade, daß Franziska unbedingt türkisfarbene Wände dazu haben will.«

»Gelb sähe auch gut aus«, meinte Franziska. »Aber Matilda hat ja schon gelbe Wände in ihrem Zimmer.«

»Wann hast du denn Zeit, die schöne, weiße Wand zu verschandeln?« fragte Cornelius. »Jetzt muß ich nämlich verschwinden. Wir haben um fünf ein Wasserballspiel.«

Franziska schloß nachdenklich die Tür hinter ihm.

»Du magst ihn«, stellte Caroline fest.

»Kann schon sein.«

»Warum sagst du ihm das nicht mal?«

»So was mußt ausgerechnet du sagen«, meinte Franziska und grinste. »Ich kann es ihm nicht sagen. Es ist gerade erst Schluß mit Matilda. Was, wenn er sie immer noch liebt?«

Caroline schüttelte den Kopf.

»Das glaube ich nicht«, sagte sie. »Er macht überhaupt keinen traurigen Eindruck. Und soll ich dir mal was sagen? Ich hatte sowieso das Gefühl, als sei er diese letzten Wochen immer nur deinetwegen gekommen. Für keinen Menschen kann es das reinste Vergnügen sein, seine gesamte Freizeit mit Renovieren zu verbringen. Es sei denn, da steckt noch mehr dahinter.«

»Ja«, seufzte Franziska. »Matilda vermutlich.«

»Das glaube ich nicht«, beharrte Caroline.

Sie ließ Wasser und etwas von ihrem Schaumbad in die Badewanne ein. »Ich brauch' jetzt ein heißes Bad. Den halben Tag bin ich mit Robert durch den Regen über einen Flohmarkt gelaufen.«

»Wie war es denn?« fragte Franziska.

»Es wäre ganz nett gewesen«, meinte Caroline. »Wenn er mir nicht alles hätte kaufen wollen, was mir auch nur annähernd gefallen hat.«

Franziska lachte.

Als Matilda ein paar Minuten später wiederkam, sah sie so glücklich aus, daß Franziska beschloß, sie auf Cornelius anzusprechen.

»Bist du richtig verliebt in diesen Felix?« fragte sie.

»Ja«, sagte Matilda und strahlte wie ein Christbaum. »Du kannst dir überhaupt nicht vorstellen, wie sehr.«

»Und Cornelius? Bedeutet er dir überhaupt nichts mehr?«

»Du kannst mich jetzt für ein herzloses Monster halten, wenn du willst«, entgegnete Matilda. »Aber neben einem Mann wie Felix verblaßt so einer wie Cornelius vollkommen. Es tut mir ja leid für ihn, aber da ist nun mal nichts zu machen. Wo ist eigentlich Caroline?«

»Sie liegt in der Wanne«, sagte Franziska. »Würdest du ihn wirklich nicht zurückwollen? Cornelius meine ich.«

»Natürlich nicht«, meinte Matilda und öffnete die Badezimmertür. »Ich muß mir nur die Zähne putzen, Caro. Laß dich nicht stören.«

»Mach ruhig«, meinte Caroline.

Sie hatte sich Gurkenscheiben auf das Gesicht gelegt und hielt die Augen geschlossen.

»Wie war's bei Felix?«

»Es war – puh – unbeschreiblich!«

»Also, ich könnte das nicht. Ich mag es nicht, fotografiert zu werden, ehrlich. Das macht mich eher nervös, wenn jemand mit der Kamera vor mir steht.«

»Pah, ich meine doch nicht das Fotografieren.«

»Was dann?«

»Du weißt gar nicht, was du verpaßt, als Jungfrau.«

Caroline setzte sich mit einem Ruck auf. »Du meinst, du hast mit ihm geschlafen? Gerade eben?«

»Ja«, sagte Matilda. »Warum nicht? Er ist toll, sag' ich dir.«

Caroline seufzte und fischte die heruntergefallenen Gurkenscheiben aus dem Wasser.

»Morgen tu ich's auch«, flüsterte sie. »Genau wie du's geplant hast. Ich werde einen Platten haben, vor Jansens Haus.«

»Ja, das wird auch höchste Zeit«, meinte Matilda.

»Meinst du wirklich, daß das klappen wird?« fragte Caroline zweifelnd. »Es hört sich alles so plump an. Einfach nur mit einem platten Reifen vor seiner Tür stehen.«

»Wenn du dich daran hältst, klappt es garantiert«, sagte Matilda und schob sich ihre Zahnbürste in den Mund. »Wenn nicht, bekomme ich deine Delphinenohrringe, das weißt du ja wohl noch. Also, gib dir Mühe!«

»Ja«, murmelte Caroline. »Das Dumme ist, daß ich einfach überhaupt nicht weiß, was ich tun muß.«

»Du mußt gar nichts tun«, nuschelte Matilda durch einen Film von Zahnpasta. »Das kommt von ganz allein.«

»Ehrlich?«

»Wenn ich's dir doch sage. Was ziehst du an?«

Caroline zuckte mit den Schultern. »Ich weiß nicht.«

Matilda drehte sich zu ihr um. »Naja, ein *bißchen* sexy solltest du schon aussehen. Deine Blümchenunterwäsche kannst du jedenfalls zu Hause lassen. Obwohl, manche Männer mögen es, wenn Frauen wie die Unschuld vom Lande daherkommen.«

Sie musterte Caroline vom Hals abwärts. Caroline beeilte sich, tiefer in den Schaum zu rutschen.

»Was du brauchst, ist ein Wonderbra«, meinte Matilda, gerade als Franziska die Badezimmertür öffnete.

»Ein Wonderbra ist was für Frauen mit Hängebusen«, widersprach sie. »Caroline hat einfach einen kleinen Busen. Laß mich auch mal ans Waschbecken.«

»Ein Wonderbra ist für einen kleinen Busen, damit er nach mehr aussieht«, sagte Matilda. »Und das ist genau, was Caroline braucht.«

»Wozu?« fragte Franziska. »Mach mir mal Platz, Matilda. Wo zu braucht Caroline einen Wonderbra?«

Caroline tauchte mit schamroten Kopf in der Badewanne unter. Matilda grinste.

»Nur so ganz allgemein«, sagte sie und spülte den Mund aus.

»Du sollst Caroline nicht einreden, daß ihr Busen zu klein ist«, schimpfte Franziska. »Von solchen Äußerungen bekommt man nur Minderwertigkeitskomplexe. Mir hast du früher immer gesagt, Sommersprossen seien häßlich. Was meinst du, wie lange ich daran geglaubt habe?«

»Sommersprossen *sind* häßlich«, meinte Matilda mit zänkischer Kinderstimme. »Häßlich, häßlich, häßlich!«

»Meine nicht«, widersprach Franziska. »Und Carolines Busen ist auch nicht zu klein.«

»Von mir aus!«, sagte Matilda und gähnte. »Ich geh' jetzt schlafen. Gute Nacht. Und denk an die Delphinenohrringe, Caroline.«

»Was meinte sie damit?« wollte Franziska wissen.

»Womit?« Caroline schüttelte heftig den Kopf. »Ich verstehe so schlecht. Das Wasser ist in mein Ohr gelaufen.«

* * *

›Eigentlich sind mir meine Delphinenohrringe völlig gleichgültig‹, dachte Caroline und seufzte.

Es gab überhaupt keinen Grund, hinter diesem nur noch spärlich belaubten Busch zu stehen und sich wie eine Idiotin zu fühlen. Noch war es früh genug, die ganze Sache abzubrechen. Kein Mensch würde etwas davon erfahren. Auf der anderen Seite hatte es aber auch etwas Spannendes, hier auf Jansen zu warten. Und Matilda hatte recht. Wenn sie die Sache nicht selber in die Hand nahm, würde sie ihm niemals näherkommen. Sie beobachtete den Ausgang des Institutes und umklammerte das Lenkrad von Matildas Fahrrad.

Jetzt oder nie, dachte sie.

Es schüttete wie aus Eimern, noch viel schlimmer als in Matildas Vision. Gut, daß sie außer wasserfester Wimperntusche kein Make-up benutzt hatte. Jansen ließ leider auf sich warten. Was, wenn er ausgerechnet heute mit dem Auto gekommen war, weil er noch was besorgen mußte? Oder weil er einen Zahnarzttermin hatte? Es gab eine Million Möglichkeiten, weswegen Matildas Plan fehlschlagen könnte.

Caroline fror. Der Regen war längst durch den Mantel und die dünne Bluse gedrungen, die sie auf Matildas Rat hin angezogen hatte. Und ihre allerschönste Unterwäsche.

Da, der Mann im Trenchcoat, das war Jansen.

Caroline fühlte, wie sich ihr Herzschlag beschleunigte. Jansen klappte den Kragen hoch und bog um die Ecke.

Jetzt ging's los.

Caroline schwang sich aufs Rad und beeilte sich, vor dem Professor auf den von Kastanien gesäumten Weg zu gelangen, der an den Ausläufern des Aachener Weihers vorbeiführte. Sie trat kräftig in die Pedale. Zehn Meter vor dem Haus, in dem Jansen wohnte, bremste sie ab und schraubte das Ventil vom Hinterrad, so wie Matilda es ihr erklärt hatte. Die Luft entwich viel langsamer, als geplant, aber Caroline half mit den Händen kräftig nach. Dann schraubte sie das Ventil wieder auf. So, geschafft.

»Ein Platter, wat?« fragte eine Stimme über ihr.

Caroline erstarrte. Jansen. Viel zu früh. War der den ganzen Weg gerannt? Sie drehte den Kopf und sah direkt in das Gesicht eines älteren Herrn mit Hut. Er führte einen kleinen Rauhhaardackel an der Leine spazieren.

»Kann isch denn helfen, Frolleinschen?« fragte er freundlich. »Isch hätt ne Luffpumpe bei mir in der Garage. Direkt um die Ecke.«

Caroline lächelte ihn unglücklich an. Das hier war in Matildas grandiosem Plan nicht vorgesehen.

»Nein, vielen Dank«, sagte sie schnell. »Aber ich hab's nicht mehr weit. Bis zu Hause kann ich schieben.«

Hinter dem Rentnerrücken näherte sich Jansens Trenchcoat, keine fünfzig Meter entfernt.

›Heiliger Sankt Kunibert, mach, daß der Opa verschwindet, bitte‹, flehte Caroline in Gedanken, aber Sankt Kunibert schien anderweitig beschäftigt zu sein.

»Wie iss dat denn passiert?« Der Opa machte Anstalten, sich niederzuknien und den Schlauch zu untersuchen. Caroline konnte schon Jansens Schritte hören.

»Verschwinden Sie«, zischte sie verzweifelt. »Ich habe gesagt, ich wünsche Ihre Hilfe nicht!«

»Nanana«, sagte der Herr empört und zog an seinem Rauhhaardackel. »Als ob isch Ihnen wat täte.«

Er entfernte sich beleidigt. Caroline seufzte erleichtert hinter ihm her.

Aus den Augenwinkeln sah sie Jansen näherkommen. Ihr Herz klopfte wie verrückt. Für den Bruchteil einer Sekunde hoffte sie, er würde vorbeigehen. Aber er blieb direkt hinter ihr stehen. Jetzt wurde es ernst.

»Probleme?« fragte Jansen.

Caroline blickte zu ihm auf. Ob tatsächlich Regentropfen an ihren Wimpern hingen wie glitzernde Tränen? Sie versuchte ein Lächeln, das dazu paßte, aber stattdessen begannen ihre Zähne wild aufeinanderzuklappern. Klack-klack-klack. Ob vor Kälte oder Aufregung oder beidem zusammen, konnte sie nicht sagen. Das war in Matildas Plan jedenfalls ebensowenig vorgesehen wie der Opa mit Dackel.

»Ich habe einen Platten«, klapperte sie. »Aber das geht schon, danke.«

Jansen betrachtete sie gründlich.

»Ich kenne Sie«, sagte er. »Sie sind in meinem Wahrnehmungsseminar.«

»Ja«, klapperte Caroline. »Caroline Bünhove.«

»Sie holen sich eine dicke Erkältung, Caroline«, meinte Jansen. »Ihre Zähne klappern, und Ihre Nase ist schon ganz rot.«

Na toll. Caroline begann, Matildas Plan zu verfluchen. Zähneklappern und eine rote Nase! Wirklich unwiderstehlich.

»Haben Sie es weit bis nach Hause?« fragte Jansen.

»Nähe Zülpicher Platz«, sagte Caroline resigniert und wandte sich zum Gehen. »Aber das klappt schon, danke.«

»Ich wohne direkt da vorne«, meinte Jansen. »Vielleicht kommen Sie erstmal mit zu mir und trinken was Heißes. Dann können wir weitersehen.«

Caroline hörte vor Überraschung auf, mit den Zähnen zu klappern. Also doch. Matilda hatte recht gehabt.

Jansen lächelte sie freundlich an, nahm ihr das Fahrrad aus der Hand und schob es die zehn Meter weiter bis zum Hauseingang. Caroline folgte ihm wie hypno tisiert. Hölle, war das aufregend! Hoffentlich würde jetzt wirklich alles von ganz alleine weitergehen!?! Matilda hatte es jedenfalls gesagt. Und bis jetzt hatte sie recht behalten.

Jansen trug ihr Fahrrad in den Hausflur und schloß seine Wohnungstüre auf. »Kommen Sie ruhig rein, Carola. Hier ist es warm.«

»Caroline«, verbesserte sie und sah sich neugierig um. Doch, Jansen hatte einen guten Geschmack. Von Holzwürmern zerfressenene Antiquitäten kombiniert mit modernem Design, ziemlich edel, das Ganze. Von Carolines Mantel tropfte und triefte das Regenwasser auf einen echten Perserteppich.

Jansen bemerkte es und half ihr aus dem Mantel, bevor sich eine Pfütze zu ihren Füßen bilden konnte. »Du lieber Himmel! Sie sind ja naß bis auf die Haut.«

Caroline sah bestürzt an sich hinunter. Die dünne Bluse klebte an der Unterwäsche. Es sah richtig unanständig aus. Sie spürte, wie sie knallrot anlief.

»Das ist mir alles sehr peinlich«, stammelte sie.

»Das braucht es aber nun wirklich nicht zu sein«, meinte Jansen.

Er schaute auf Carolines Busen, der sich ganz deutlich unter der nassen Bluse abzeichnete. Wie bei einem Miß-Wet-T-Shirt-Wettbewerb, dachte Caroline, und wäre am liebsten im Boden versunken. Jansen räusperte sich.

»So ein Zufall, das mit dem Platten, nicht wahr?«

»Ja«, murmelte Caroline und wurde wieder rot.

Jansen betrachtete sie nachsichtig lächelnd. Caroline fühlte sich unbehaglich. Sicher hatte er ihre Pläne längst durchschaut. Schließlich war er Psychologe. Sie wurde noch röter, und prompt wurde auch Jansens Lächeln breiter.

»Wissen Sie was?« sagte er munter. »Ich habe eine gute Idee. Bevor ich ihr Rad aufpumpe und Sie wieder hinaus in die Kälte schicke, nehmen Sie ein heißes Bad und trinken eine gemütliche Tasse Irish Coffee mit mir, während ihre Kleidungsstücke auf der Heizung trocknen. Wie wäre das?«

Er hatte sie durchschaut! Ganz sicher. Oder machte er das mit jeder Frau, die einen Platten vor seinem Haus hatte?

Caroline schluckte.

»Das ist eine gute Idee«, sagte sie. »Sehr nett von Ihnen.«

Jansen lachte. »Wo Sie jetzt schon in meiner Badewanne baden werden, können wir das mit dem Sie ruhig weglassen. Ich heiße Christian.«

»Christian«, wiederholte Caroline und folgte ihm durchs Schlafzimmer hinüber ins Badezimmer.

Beim Anblick des breiten, mit cremefarbener Wäsche überzogenen Bettes wurde sie wieder rot. Da also würde es gleich passieren. Wenn alles nach Plan lief.

Das Bad war ebenfalls ausgesprochen edel. Alles aus Marmor, ganz in Grau und Weiß gehalten. Während Jansen Wasser in die große Wanne einlaufen ließ, blieb Caroline unschlüssig hinter ihm stehen. Was kam als nächstes?

Jansen sah sie aufmunternd an.

»So, jetzt aber nichts wie raus aus den Klamotten«, sagte er und kam mit einem Schritt ganz nah.

So nah, daß sie seinen Atem spüren konnte. Carolines Zähne begannen, wieder wild aufeinander zu schlagen. Sie biß sie so energisch zusammen, daß es knirschte.

Jansen begann, ihre Bluse aufzuknöpfen. Caroline hielt einfach still.

»So kalte Haut«, flüsterte Jansen, küßte sie sanft auf den Hals und streifte ihr dabei die Bluse von den Schultern.

Wenn es vorher noch winzige Zweifel an seiner Absicht gegeben hatte, so waren sie hiermit endgültig ausgeräumt.

Caroline wußte nicht recht, was sie tun oder sagen sollte. Deshalb rührte sie sich nicht, auch nicht, als er sich mit seinen Händen langsam abwärts tastete.

Sie ließ sich von Jansen ausziehen wie ein kleines Mädchen. Sie hob die Arme, damit er das Satinhemdchen über ihren Kopf streifen konnte, und hielt ihm nacheinander beide Füße hin, von denen er Schuhe und Socken zog.

»So, jetzt aber nichts wie in die Wanne, Mädchen«, sagte er schließlich, als sie nur noch im Höschen dastand. »Ich komme gleich mit einem heißen Irish Coffee wieder.«

Caroline nickte mit zusammengebissenen Zähnen hinter ihm her. Als er zur Tür hinaus war, schlüpfte sie eilig aus dem Slip – dunkelroter Satin, wie das Unterhemd – und tauchte in das Badewasser ab.

Gerade rechtzeitig fiel ihr ein, daß sie ihre Armbanduhr noch am Handgelenk trug. Viertel nach fünf erst, Hölle noch mal. Es war erst eine halbe Stunde her, daß sie Jansen vor dem Institut aufgelauert und die ganze Geschichte in Gang gebracht hatte. Und jetzt lag sie bereits in seiner Badewanne! Wie sie es geplant hatten. Noch besser eigentlich.

Warum, zum Teufel, war ihr dann nach Heulen zumute? Da war dieser Kloß in ihrem Hals, und eine leise Stimme in ihrem Ohr, die unablässig flüsterte: »Geh nach Hause! Nach Hause, ehe es zu spät ist.«

Caroline seufzte und ließ die Zähne wieder aufeinanderklappern. Es ist alles, wie es sein sollte, sagte sie zu sich selber. Gleich würde Jansen mit dem Irish Coffee hereinkommen, sie aus der Badewanne ziehen, abtrocknen und nach nebenan in sein Bett tragen. Und dann würde *es* passieren.

Endlich.

Sie schluckte schwer. Wann sollte sie ihm sagen, daß es ihr erstes Mal war? Sie hatte vergessen, Matilda nach dem besten Zeitpunkt für ein solches Geständnis zu fragen. Vielleicht würde Jansen sie vor lauter Schreck aus der Wohnung werfen. Wer hatte schon gern eine Jungfrau im Bett? Caroline spürte, wie der Klumpen in ihrem Hals dicker wurde.

Und wenn sie es ihm gar nicht sagte? Aber dann würde sie am Ende seine cremefarbene Bettwäsche vollbluten, und er mußte denken, daß sie ihre Tage hatte. Das war alles so schrecklich peinlich. Grauenhaft. Wie sie es auch anstellte, es würde schrecklich werden.

»Nach Hause!« wisperte die Stimme in ihrem Ohr jetzt eindringlicher. »Geh nach Hause, ehe es zu spät ist!«

Caroline beschloß auf die Stimme zu hören. Sie stieg hastig aus dem Wasser und zog sich an, ohne sich vorher abzutrocknen. Die dunkelrote Satinunterwäsche, Socken, Jeans, die nasse Bluse und ihre Schuhe. Dann öffnete sie leise die Badezimmertüre, schlich auf Zehenspitzen an dem cremefarbenen Bett vorbei in den Flur hinaus zur Garderobe, wo ihr Mantel hing. Sie zog ihn vorsichtig vom Kleiderbügel, klemmte ihn unter ihren Arm und stahl sich klammheimlich aus der Wohnung. Vor dem Haus fing sie an rennen und hörte erst wieder auf, als die Kastanienallee schon weit hinter ihr lag.

* * *

Caroline stürzte so gehetzt zur Tür herein, als würde sie von Herrn Kleinschmidts Zerberus verfolgt.

»Was ist los?« Franziska steckte den Kopf aus der Küche. »Wie siehst du denn aus? Völlig durchnäßt.«

»Es regnet«, sagte Caroline kurz. Sie war vollkommen außer Atem. »Ist Matilda nicht da?«

»Sie ist in ihrem Zimmer«, erklärte Franziska und schaute erstaunt und beleidigt drein, als Caroline ohne ein weiteres Wort der Erläuterung in Matildas Zimmer verschwand.

Das war sehr seltsam. Sonst kam Caroline immer zu ihr, wenn sie Probleme hatte. Franziska fühlte sich übergangen.

Es klopfte an der Wohnungstür. Franziska öffnete schlechtgelaunt.

»Hallo Robert«, sagte sie. »Hast *du* Caroline verfolgt?«

»Ich?« Robert schwenkte eine rote Rose. »Ich wollte ihr nur schnell was vorbeibringen.«

»Ich glaube, jetzt ist kein guter Zeitpunkt dafür. Du kannst aber einen Tee bekommen, wenn du willst«, meinte Franziska und ging vor ihm her in die Küche. »Sag mal, wann gedenkst du endlich, deine Taktik zu ändern?«

»Welche Taktik?«

»Die Ich-blöder-Trottel-komme-jeden-Tag-und-bringe-eine-rote-Rose-vorbei-Taktik«, erklärte Franziska. »Das geht jetzt seit Wochen so, und du bist deinem Ziel nicht einen Millimeter näher gekommen. Weißt du, was ich glaube? Du willst Caroline gar nicht wirklich. Es reicht dir, sie aus der Ferne anzuhimmeln.«

»Das stimmt nicht«, widersprach Robert gekränkt. »Ich habe sie gesehen und sofort wußte ich: *das* ist sie!«

»Dann spiel nicht länger den Idioten«, sagte Franziska streng. »Keine Frau findet das auf Dauer toll.«

»Und was soll ich deiner Meinung nach tun?«

»Triff dich mit anderen Frauen, vergiß die roten Rosen und laß Caroline Zeit, deine Anwesenheit und deine netten, kleinen Geschenke zu vermissen.«

Robert zupfte nachdenklich an der Rose herum.

»Meinst du wirklich?« fragte er. »Ich dachte, das seien Chauvi-Methoden. Laß die Frau zappeln, spiel den Coolen, tu so, als wäre sie dir völlig gleichgültig – saublöd, wenn du mich fragst.«

»Auf jeden Fall wird dir das mehr nutzen als diese hündische Ergebenheit«, sagte Franziska hart. »Ehrlich. Caroline ist doch sowieso hoffnungslos in diesen Professor verknallt. Sie findet Männer, die schwer zu haben sind, tausendmal interessanter als solche, die einem Tag für Tag signalisieren, daß es bei ihnen nicht mal ein Fingerschnippen kosten würde.«

»Caroline verliebt sich nur in Männer, die sie nicht haben kann? Ist das ein Naturgesetz?«

»So was in der Art.«

»Hat sie denn was mit dem?«

»Ich fürchte, sie arbeitet dran. Mit Matildas Hilfe!«

»O wei.«

»Das wird aber im Leben nicht gutgehen mit ihrem Professor, das läßt sich an zwei Fingern ausrechnen. Vor allem nicht, wenn Caroline auf Matilda hört.«

»Ist es denn wirklich so ernst?« fragte Robert. »Der Professor ist doch sicher uralt.«

»Irgendwas Ende Dreißig, Anfang Vierzig«, meinte Franziska. »Jedenfalls geht er noch nicht am Stock, und er ist auch kein Idiot, der jeden Tag mit roten Rosen vor ihrer Tür steht. Aber wenn er Caroline abserviert hat, wird sie Trost brauchen. Und dann kommt deine

Stunde. Nur solltest du bis dahin in ihren Augen nicht mehr der gutmütige Trottel sein, der ihr jeden Wunsch von den Augen abliest.«

»Sondern?«

»Kennst du das Märchen von König Drosselbart? Caroline wird es am Ende genauso ergehen wie der Prinzessin.«

»Das Märchen kenne ich nicht.«

»Nicht? Na egal, ich werde es dir erzählen, wenn du willst.«

Robert ließ sich vor dem Papptisch auf den Boden sinken.

»Erzähl«, sagte er ergeben.

Franziska setzte sich neben ihn.

»Es war einmal eine Prinzessin, nennen wir sie Caroline, die hatte eine Menge Verehrer«, begann sie. »Der hartnäckigste von allen war König Drosselbart. Der Prinzessin war der König aber nicht gut genug, obwohl er jeden Tag mit einer roten Rose vor dem Schloßtor stand. Sie machte sich nur über ihn lustig. Aber da hörte König Drosselbart auf, sich wie ein Idiot zu benehmen. Und am Ende – die Einzelheiten erspare ich dir jetzt in der Eile – mußte die Prinzessin nach einigen bösen Erfahrungen einsehen, daß König Drosselbart doch der Beste gewesen wäre. Ach hätt' ich ihn nur genommen, den König Drosselbart, jammerte sie. Verstehst du?«

Robert lachte.

»Das war ein schönes Märchen«, sagte er und reichte Franziska die rote Rose. »Die ist für dich, für den guten Rat. Ich geh' jetzt besser, ehe die Prinzessin mich sieht.«

Franziska brachte ihn zum Ausgang.

»Glaub mir«, sagte sie ernst. »So wird das viel besser klappen. Und wenn nicht, sparst du wenigstens eine Menge Geld.«

Auf dem Weg zurück in die Küche blieb sie kurz vor Matildas Zimmer stehen. Carolines aufgeregte Stimme drang durch die Tür. Was es da wohl zu bereden gab, von dem sie nichts wissen durfte? Franziska hätte am liebsten gelauscht. Aber das war ihr dann doch zu blöd.

»Ich habe dein Fahrrad verloren«, sagte Caroline zu Matilda, kaum, daß sie zur Tür hereingekommen war.

»Verloren?« wiederholte Matilda zerstreut.

Sie saß am Klavier und hatte geübt. »Sagtest du, du hast mein Rad verloren?«

»Ja«, sagte Caroline kleinlaut. »So gut wie. Es steht noch bei Jansen.«

Matilda grinste. »Sag bloß, die Sache hat geklappt?«

Caroline schniefte unglücklich. »Nee«, sagte sie weinerlich. »Das würde ich nicht sagen.«

»Du bist ja völlig durchnäßt«, stellte Matilda fest. »Willst du nicht ein heißes Bad nehmen?«

Caroline schüttelte sich erschreckt.

»Bloß nicht«, jammerte sie. »Nicht schon wieder.«

»Zieh dich aus, und wickle dich in mein Plumeau«, befahl Matilda. »Dann hast du's wenigstens warm.«

Caroline gehorchte zitternd. Als sie schließlich, bis zum Hals eingemummelt, in Matildas Bett saß, breitete sie die ganze, peinliche Geschichte vor Matilda aus.

»Ich bin den halben Weg bis hierher gerannt«, schloß sie. »Das Fahrrad ist mir erst eingefallen, als ich schon fast zu Hause war.«

Matilda hatte gespannt zugehört.

»Eine merkwürdige Geschichte«, meinte sie. »Das mit der inneren Stimme, die ›Nach Hause, nach Hause‹ geflüstert hat, finde ich am allermerkwürdigsten. Hältst du das nicht für bedenklich? Du als Psychologin?«

»Ich hatte einfach Angst«, sagte Caroline. »Da waren plötzlich so viele Dinge, über die ich mir vorher keine Gedanken gemacht hatte. Jetzt habe ich alles verpatzt.«

»Ja«, gab Matilda zu. »Fürs erste sicher. Aber noch ist nicht aller Tage Abend, wie meine Großmutter immer zu sagen pflegt. Willst du denn überhaupt noch?«

»Weiß ich nicht«, sagte Caroline ehrlich. »Als ich da bei ihm in der Badewanne lag, kam er mir plötzlich überhaupt nicht mehr so toll vor.«

»Dann hat diese blöde Peggy am Ende sogar recht, wenn sie sagt, daß du nur die Männer toll findest, die du nicht haben kannst, was?«

»Nein«, widersprach Caroline. »Ich war echt verknallt in den. Aber ich fürchte, der ist eine Nummer zu groß für mich. Außerdem ist es jetzt zu spät. Ich kann dem sowieso nie mehr unter die Augen treten.«

Matilda sagte nichts. Sie dachte nach.

»Tut mir leid mit deinem Fahrrad«, seufzte Caroline. »Wir werden es schon irgendwie wiederkriegen.«

»Klar werden wir das. Im Grunde ist es sogar ganz gut so«, meinte Matilda. »Jetzt hast du wenigstens einen triftigen Vorwand, noch mal bei ihm aufzutauchen.«

»Jetzt will er mich doch nicht mehr. So dämlich, wie ich mich benommen habe.«

»Tatsache ist, daß ihn dein dämliches Verhalten vermutlich nur noch schärfer gemacht hat«, meinte Matilda. »Männer mögen Frauen, die sich vor lauter Unschuld zieren, ehrlich wahr. In der Schule waren die Zicken, die Ohrfeigen verteilt haben, auch immer am begehrtesten. Nach mir natürlich.«

»Du hast sicher nie Ohrfeigen verteilt«, sagte Caroline neidisch.

»Nein. Doch einmal. An Kerstin Schrick. Sie wollte mich nicht ihre Mathehausaufgaben abschreiben lassen.«

Caroline lächelte ein bißchen.

* * *

»Hölle, hast du dich aufgebrezelt«, meinte Franziska. »Und wenn ich mich nicht täusche, ist das *mein* Lippenstift.«

Matilda schenkte ihr ein strahlendes Lächeln.

»Ja«, gab sie zu. »Das ist deiner. Aber die Farbe steht mir irre gut, findest du nicht?«

»Doch. Sogar auf den Zähnen.«

Matilda fuhr eilig mit der Zunge darüber.

»Weg?« fragte sie. »Es ist wichtig. Felix macht nämlich heute wieder Fotos von mir.«

»Für Geld?« fragte Franziska zurück. »Oder wenigstens für ein warmes Abendessen? Du hast in den letzten zwei Wochen kaum was gegessen.«

»Weil ich so glücklich bin. *Wahnsinnig* glücklich.«

»Du paßt aber doch auf, oder?«

»Was? Wir benutzen Kondome, wenn du das meinst!«

»Das meinte ich nicht. Der Typ ist ein professioneller Fotograf, der seine Fotos *verkauft*. Er verdient *Geld* damit, verstehst du? Der kann seine Modelle *bezahlen*.«

»Ja, aber am Anfang muß das Model den Fotografen bezahlen. Normalerweise, jedenfalls«, erklärte Matilda. »Felix kann mir die entscheidenden Kontakte verschaffen und umsonst eine Set-Card anfertigen, wie man sie als Model braucht. Weißt du, wieviel ich woanders dafür hinblättern müßte?«

»Trotzdem«, beharrte Franziska. »Paß auf, daß der dich nicht übers Ohr haut. Hauptsache, du setzt nirgendwo deine Unterschrift drunter.«

»Wie meinst du das?« Matilda fühlte sich ertappt. Franziska war ihr entschieden zu scharfsichtig.

»Wenn Felix dir irgendeinen dubiosen Vertrag hinlegt, der ihm die Rechte an deinen Fotos sichert, dann bloß nicht unterschreiben, das meine ich. Sonst kassiert er am Ende jede Menge Geld dafür, daß du in der nächsten Ausgabe vom *Playboy* abgebildet wirst.«

Matilda schluckte. Eigentlich hatte sie ja genau das getan.

»Als ob Felix so was tun würde«, sagte sie ärgerlich.

»Dem traue ich alles zu.«

»Wo ist eigentlich Caroline?« fragte Matilda ablenkend. »Zur Fahrstunde?«

»Caroline hat doch Seminar bei diesem tollen Professor Jansen. Sie kommt erst spät. Was ist denn eigentlich los mit ihr? Sie war die ganze Woche so komisch.«

Franziska nahm Matilda den Lippenstift aus der Hand und malte sich die eigenen Lippen an.

»Und was machst du heute abend?« fragte Matilda, ohne ihre Frage zu beantworten.

»Cornelius kommt zum Streichen«, erklärte Franziska und wurde ein bißchen rot.

Sie biß sich verärgert auf die Unterlippe. Es gab überhaupt keinen Grund, rot zu werden. Sie tat ja nichts Verbotenes, und Matilda hatte sowieso nichts bemerkt.

»Dann gehe ich jetzt besser, sonst begegne ich ihm am Ende noch«, sagte sie fröhlich. »Cornelius ist sicher nicht gut auf mich zu sprechen.«

»Er spricht nie darüber«, meinte Franziska und setzte hoffnungsvoll hinzu: »Vielleicht bist du ihm ja mittlerweile auch ganz egal.«

»Ha«, machte Matilda und wuschelte sich durch die Haare, damit sie auch schön abstanden. »Schön wär's ja. Aber Cornelius ist so eine treue Seele. Der liebt mich auch noch in fünfzig Jahren.«

Sie grinste ihr Spiegelbild an. »Und wer weiß? Vielleicht will ich ihn dann ja wiederhaben. Wie sehe ich aus?«

»Toll«, sagte Franziska matt.

Cornelius brachte eine Flasche Rotwein mit.

»Ich bin mit der Bahn gekommen«, sagte er fröhlich und warf einen Blick in die türkisfarbene Brühe, die Franziska angerührt hatte. »Für diese Farbe möchte ich um nichts in der Welt nüchtern sein! Wo ist der Pinsel?«

Franziska hielt Cornelius einen dicken Haushaltsschwamm unter die Nase.

»*Das* ist dein Pinsel«, erklärte sie. »Um diesen gewölkten Effekt zu erzielen, den man immer in den Wohnzeitschriften sehen kann, wird die Farbe mit dem Schwamm auf die Wand getupft und ungleichmäßig verwischt. So, wie ich's mit Caroline in der Küche gemacht habe.«

Cornelius entkorkte die Weinflasche. »Dann hatte ich ja den richtigen Riecher. Für diese Technik muß man einfach besoffen sein.«

Franziska lachte.

»Wo sind denn die anderen?« fragte Cornelius und sah sich um.

»Caroline hat Seminar, und Matilda ist bei Felix oben«, informierte ihn Franziska und wartete gespannt auf seine Reaktion.

Cornelius runzelte die Stirn. »Meinst du, daß das hinhaut, Matilda und dieser Spinner?«

Franziska zuckte mit den Schultern. »Sie macht auf jeden Fall einen glücklichen Eindruck. Und sie glaubt, daß sie bald eine zweite Cindy Crawford sein wird.«

»Wenn das mal gutgeht«, meinte Cornelius. »Matilda ist immer doppelt so enttäuscht wie andere Leute, wenn etwas schiefgeht. Das liegt daran, daß sie sich vorher immer doppelt so stark für etwas begeistert. Mindestens.«

Franziska fand, daß das ziemlich wohlwollend klang. Zu wohlwollend für ihren Geschmack. Wahrscheinlich liebte er Matilda immer noch. Aber dafür war er wiederum zu wenig bekümmert. Sie seufzte tief.

»Ist was mit dir?« fragte Cornelius.

»Nö«, antwortete Franziska. »Nicht wirklich.«

Eine halbe Stunde arbeiteten sie schweigend nebeneinander, tunkten ihre Schwämme in die Farbbrühe, klatschten sie an die Wand und wischten dann daran herum wie die Weltmeister. Franziska merkte, daß sie bei dieser Tätigkeit alle die Woche über aufgestauten Aggressionen abbauen konnte.

Nach einer Weile fing sie an, leise vor sich hin zu summen. Cornelius summte mit.

»Another day in paradise«, stellte er fest. »Magst du Phil Collins auch so gern?«

Sie bückten sich gleichzeitig, um ihren Schwamm in den Farbeimer zu tunken. Dabei stießen sie beinahe mit den Köpfen zusammen. Franziska lachte.

»Du zuerst«, meinte sie, rührte sich aber nicht von der Stelle. Es war einfach zu schön, ihm so nah zu sein.

Cornelius schien das auch zu finden. Er beugte sich noch ein bißchen näher heran und küßte sie auf die offenen Lippen.

»Ich muß dir was sagen«, sagte er dann.

»Was?«

Franziska sah ihm gespannt in die Augen. Genau in diesem Augenblick hörten sie, wie jemand die Wohnung betrat, und gleich darauf fiel Carolines Zimmertüre mit einem lauten Knall ins Schloß.

»Das ist Caroline«, meinte Franziska erstaunt und sah auf die Uhr. »Die kommt aber früh. Das Seminar geht normalerweise bis halb acht.«

»Sie hat die Türe geknallt«, sagte Cornelius. »Das sieht ihr überhaupt nicht ähnlich.«

»Wir sollten nachsehen«, schlug Franziska mit bedauernder Stimme vor und erhob sich.

Sie klopften leise an Carolines Zimmertüre.

»Hey, Caro, alles in Ordnung?«

Von drinnen kam keine Antwort.

»Da stimmt was nicht«, sagte Franziska.

Cornelius drückte die Klinke herunter. Caroline saß mitten auf dem magentafarbenen Teppichboden und hatte den Kopf auf ihre Knie gelegt. Sie sah sehr blaß und verloren aus.

»Hey, was ist denn los?« fragte Franziska bestürzt.

»Nichts«, murmelte Caroline, und eine dicke Träne kullerte ihre Wange hinab.

»Oh, oh«, stöhnte Cornelius. »Dieses Nichts kenne ich. Dagegen hilft nur ein heißer Kakao.«

Er ging in die Küche, und Franziska blieb mit Caroline allein. Sie setzte sich neben sie auf den Boden und legte vorsichtig einen Arm um ihre Schulter.

»Ist es so schlimm?«

»Ach, was«, schluchzte Caroline, und noch mehr Tränen flossen ihre Wangen hinab. »Überhaupt nicht. Ich habe nur einsehen müssen, daß ich ein Schaf bin, ein naives Blödchen.«

Franziska streichelte ihr hilflos übers Haar.

»Ich bin ja so ein Schaf«, wiederholte Caroline weinend. »Und in seiner Badewanne habe ich auch gelegen.«

Cornelius brachte den heißen Kakao aus der Küche. Er füllte ihn in eine große Henkeltasse und reichte ihn Caroline zusammen mit einem Paket Taschentüchern.

Franziska schaute ihn dankbar an. Dieser Typ war einfach zu gut, um wahr zu sein. Und küssen konnte er auch noch!

»Du denkst immer an alles«, sagte sie leise. »Du bist der umsichtigste Mensch, den ich kenne.«

»Ich habe zwei Schwestern«, erklärte Cornelius. »Die haben auch öfter mal Ärger mit den Kerlen.«

»Männer sind so ekelhaft«, heulte Caroline.

»Was ist denn überhaupt passiert?« fragte Franziska. »Hast du Matildas alberne Pläne befolgt und dich diesem Professor an den Hals geworfen?«

Caroline schluchzte lauter.

»Woher weißt du das?«

»Das habe ich mir so zusammengereimt«, erklärte Franziska.

»Ich hab's versucht«, heulte Caroline. »Aber am Ende hat mich der Mut – fhhh – verlassen.«

»Gott sei Dank«, rief Franziska. »Dann ist doch alles gut.«

»Letzten Montag«, sagte Caroline. »Das war schon letzten Montag. Ich war bei ihm zu Hause und habe in seiner Badewanne gebadet. Und dann bin ich ein-fhhh – fach weggelaufen.«

»Und warum heulst du dann erst jetzt?«

»Weil ich es noch mal – fhhh – versuchen wollte«, schluchzte Caroline. »Ich hatte wirklich vor, es noch einmal zu versuchen.«

Franziska sah Cornelius hilfesuchend an.

»Verstehst du das?« fragte sie ungeduldig.

»Ich wollte es noch mal – fhhhh – versuchen«, wiederholte Caroline. »Ich wollte mich ihm – hingeben, verstehst du das nicht?«

Franziska verdrehte die Augen, aber Cornelius nickte verständnisvoll.

»Ja, und?« fragte Franziska.

»Er hat gesagt, fhhhh«, schniefte Caroline und heulte noch lauter, »er hat gesagt, daß alle für die Klausur lernen müssen. O Gott, wenn ich daran denke, daß er mich nackt gesehen hat.«

Franziska raufte sich die Haare. »Ich verstehe gar nichts mehr.«

»Er hat gesagt, alle müssen für die Klausur lernen«, wiederholte Cornelius geduldig. »Was gibt es daran nicht zu verstehen?«

»Was gibt es deshalb zu heulen?« fragte Franziska zurück. *»Das* verstehe ich nicht.«

»Fhhh«, machte Caroline. »Ich wollte mich ihm hingeben. Ich wollte ihm meine Jungfräulichkeit schenken. Und er sagt, alle müssen für die Klausur lernen, fhhh.«

»Jungfräulichkeit schenken, Herrgott noch mal«, wiederholte Franziska gereizt. »Ist das hier ein Kitschroman, oder was?«

»Wann hat er das denn gesagt?« fragte Cornelius.

»Eben im Seminar«, antwortete Caroline und ließ sich von ihnen Kakao einflößen wie ein krankes Kleinkind.

Franziska verdrehte die Augen und plumpste rückwärts auf den magentafarbenen Teppichboden.

»Ich geb's auf«, seufzte sie. »Ich kapier's einfach nicht.«

»Er hat gesagt: Alle müssen für die Klausur lernen, auch die, die mit ihm – fhhh – geschlafen haben.«

»Was?«

»Auch die, die mit ihm geschlafen haben«, wiederholte Caroline. »Das hat er gesagt.«

»So was sagt ein Professor nicht«, sagte Franziska perplex und setzte sich wieder auf.

»Der Jansen schon«, schnupfte Caroline und putzte sich die Nase. »Stell dir nur mal vor: Um ein Haar hätte ich mit dem geschlafen! Mit so einem Chauvi. Der war mit jeder zweiten Studentin an der Uni im Bett, sagt

Peggy. Und ich wollte so einem meine Jungfräulichkeit schenken. So einem!«

Franziska grinste schwach. »So ganz hab' ich das immer noch nicht verstanden.«

»Das ist doch ganz einfach«, erklärte Cornelius. »Caroline hätte um ein Haar mit dem Professor geschlafen, aber jetzt hat sich herausgestellt, daß der mit jeder Studentin ins Bett geht, die ihm über den Weg läuft. Gerade noch rechtzeitig.«

»Dann ist doch alles in Ordnung«, sagte Franziska.

»Ja«, sagte Caroline grimmig. »Ich weiß jetzt, daß ich ein Schaf war, ein naives Blödchen. Sich in so einen Chauvi zu verlieben. Ich könnte seine Tochter sein!«

»Du solltest daraus lernen.«

»Zum Beispiel, daß du nie mehr auf Matilda hören solltest.«

»Matilda kann doch nichts dafür.«

»Von wegen. Wenn du getan hättest, was sie dir geraten hat, dann wärst du jetzt eine mehr auf Jansens Liste. Nicht auszudenken.«

»Wenn ich du wäre, würde ich jetzt ein heißes Bad nehmen«, schlug Cornelius vor und erhob sich.

Er mußte nach Hause. Franziska brachte ihn zur Tür.

»Du wolltest mir doch was sagen«, erinnerte sie ihn.

Cornelius lächelte auf sie herab. »Das hat Zeit.«

* * *

»*Was* hat der gesagt?« fragte Matilda empört.

»Alle müssen sich gründlich auf die Klausur vorbereiten. Das gilt auch für die Studentinnen, die mit mir geschlafen haben«, wiederholte Peggy bereitwillig. »Ich war dabei.«

»Widerling«, fand Matilda.

Peggy nickte. Sie war gekommen, um nach Caroline zu sehen. Sie war nicht im Seminar erschienen.

»Ich hatte keine Lust auf die Uni«, erklärte ihr Caroline.

»Sie hat den Ofen gestrichen«, ergänzte Robert, der hereingeschaut hatte, um beim Klavier und bei Matildas Himmelbett mit anzupacken. Offiziell.

Inoffizell war er gekommen, um sich unauffällig nach Carolines Wohlbefinden zu erkundigen. Ohne Rose, übrigens, wie Franziska anerkennend registrierte. Aber in der Hand trug er eine riesige Bäckertüte, vermutlich nach dem Motto: Liebe geht durch den Magen.

Franziskas Zimmer war endlich fertig eingeräumt. Es war richtig schön geworden, ganz in Türkis und Weiß gehalten, was wunderbar zu dem warmen Honigton der Holzdielen paßte. Franziska gefiel am besten, daß der Raum so aussah, als wäre es draußen immer noch Sommer. Sie hatte daher die Aussicht auf das trübe, graue Winterwetter und den schäbigen Hinterhof mit einer Menge hauchdünnem Nessel verhängt, der wie eine schneeweiße Sommerwolke vor dem Fenster drapiert war. Neben der Zimmerlinde davor stand ihr Schaukelstuhl, auf dem sie sich in den kalten Wintertagen in den sonnigen Süden zu schaukeln gedachte. Der Raum war perfekt. Bis auf den Ofen in der Ecke natürlich. Der hatte nun überhaupt nichts Sommerliches an sich. Weiß lackiert, wie der Ofen im Zimmer von Caroline, würde allerdings auch er eine Zierde sein können.

»Mir war nach körperlicher Arbeit«, meinte Caroline. »Und der Ofen sieht richtig gut aus, oder nicht?«

»Doch«, sagte Franziska. »Meiner ist am Wochenende an der Reihe. Und wann machst du deinen, Matilda? Du könntest ihn gelb lackieren oder blau.«

Matilda hatte ihr Zimmer jetzt ganz für sich, aber der Sternenboden war noch nicht verlegt worden. Dazu mußten ihre Möbel vorübergehend in den Flur getragen werden. Aber Matilda hatte im Augenblick kein besonderes Interesse an der Fertigstellung ihres Reiches. Sie war immer noch bei Jansens Vielweiberei.

»So ein Chauvi, dein Professor«, meinte sie. »Wie gut, daß du nicht mit ihm ...«

Caroline bedachte sie mit einem bitterbösen Blick, aber Peggy nickte zustimmend. »Allerdings. Der ist nämlich genau wie Felix.«

Matilda fauchte wie eine nasse Katze. »Felix ist nicht so.«

»Felix ist nur jünger und dümmer als Jansen«, widersprach Peggy ruhig. »Ansonsten sind sie einander ziemlich ähnlich.«

»Menschen können sich ändern«, sagte Matilda. »Wenn auch nicht für jeden.«

»Ja, vielleicht«, stimmte Peggy zu und strich sich das glänzende blonde Haar hinters Ohr. »Aber Felix gehört nicht zu diesen Menschen.«

Matilda guckte böse.

»Mit wie vielen Studentinnen hat der Jansen denn geschlafen, was meint ihr?« fragte Franziska ablenkend. »Am Ende ist das alles nur Wunschdenken von dem Kerl.«

»Du hast den noch nicht gesehen«, meinte Peggy. »Der sieht wirklich wahnsinnig gut aus. So sexy, daß man auch schwach werden würde, wenn er nicht Psychologieprofessor sondern Straßenbahnschaffner wäre.«

»Ich bin ja vielleicht ein Schaf«, fügte Caroline hinzu. »Aber einen schlechten Geschmack habe ich nicht.«

»Im Gegensatz zu anderen Leuten«, murmelte Franziska und warf Matilda einen vielsagenden Seitenblick zu.

Matilda sah auf die Uhr.

»Wo bleibt denn Cornelius?« fragte sie. »Ich wollte mich doch wenigstens dafür bedanken, daß er meinen Fußboden verlegen will.«

»Hilfst du uns denn nicht?« fragte Robert.

»Nein, das geht nicht«, erklärte Matilda trübsinnig. »Ich muß zu einem Konzert an der Hochschule. Sozusagen auf Befehl unseres Profs. Aber Franziska hilft an meiner Stelle.«

Robert schwenkte seine Bäckertüte.

»Guckt mal«, sagte er aufmunternd. »Ich habe uns Weckmänner mitgebracht. Heute ist nämlich Sankt Martin.«

»Dann habe ich ja heute Fahrstunde!« rief Caroline erschrocken. »Ausgerechnet. Wie spät ist es?«

»Zwanzig vor fünf«, antwortete Franziska.

Caroline sprang auf und suchte hektisch ihre Sachen zusammen.

»Du solltest dich nicht von diesem Fehlschlag entmutigen lassen«, meinte Matilda zu ihr und biß ihrem Weckmann zärtlich den Kopf ab. »Andere Mütter haben auch schöne Söhne.«

»Genau«, bestätigte Robert und lächelte.

»Ich will mit dieser Spezies nichts mehr zu tun haben«, erklärte Caroline und band sich die Schuhe zu. »Ich muß jetzt gehen.«

Matilda gab noch nicht auf. »Was ist denn eigentlich der *Fahrlehrer* für ein Typ?«

Caroline überlegte, während sie ihre Jacke anzog.

»Er sieht aus wie Sascha Hehn«, sagte sie schließlich.

»Nein, ist ja widerlich!« rief Matilda enttäuscht. »Der scheidet ja dann wohl auch aus. Schade.«

Natürlich schied der Fahrlehrer aus. Und nicht nur, weil er aussah wie Sascha Hehn ohne Kittel.

Caroline hatte ihn von Anfang an unsympathisch gefunden. Lichtjahre jenseits der Vierzig, kämpfte er mit hautengen Jeans, weit aufgeknöpften Hemden, blonden Strähnchen und täglichen Besuchen im Sonnenstudio für ein jüngeres Image. Das Schlimmste war, daß ihm Caroline zu gefallen schien.

»Nennen Sie mich Will«, hatte er gleich in der ersten Fahrstunde vorgeschlagen und das W lässig amerikanisch ausgesprochen. Das war unmittelbar, nachdem Caroline die Verkehrsinsel gerammt hatte. »Wir werden noch sehr lange miteinander zu tun haben.«

Will. In echt hieß der *mindestens* Willibald, darauf hätte Caroline ihre Zöpfe verwettet. In Gedanken nannte sie ihn niemals anders.

Willibald pflegte während der Fahrstunden beinahe pausenlos zu reden. Meistens von sich. Caroline wußte bereits, daß er immer auf Ibiza Urlaub machte, daß er vor nicht allzu langer Zeit haha – massenhaft Pokale im

Bodybuilding nach Hause gebracht hatte, daß er einen Pit-Bull-Terrier besaß, der auf's Wort gehorchte, und daß seine Frau Annegret hieß und ihn nicht verstand.

Caroline fühlte mit ihr. Arme Annegret.

Heute war ihre vierte Fahrstunde. Es war kurz nach fünf, und sie quälte sich durch den Berufsverkehr über die Innere Kanalstraße. Willibald vertrieb sich die Zeit mit dem Erzählen mehr oder weniger schmutziger Witze.

»Wissen Sie, wozu diese Kondensstreifen am Himmel da gut sind?« fragte er. »Biegen Sie da vorne in die Niehler Straße ab.«

Caroline setzte den Blinker.

»Die Kondensstreifen«, wiederholte Willibald. »Was ist, Caroline, wissen Sie's?«

Sie mußte sich konzentrieren und wagte es nicht, den Blick zu heben, um die Flugzeugabgase am Himmel zu betrachten.

»Nein«, seufzte sie.

Willibald lachte blöde. »Dann will ich's Ihnen verraten. Damit die Engel auch mal auf den Strich gehen dürfen. Hahaha! So, dahinten üben wir mal, rückwärts einzuparken.«

Die Lücke befand sich zwischen zwei Autos vor einer Plakatwand, so winzig, daß das Auto nur hineingepaßt hätte, wenn man die Räder seitwärts hätte drehen können. Caroline setzte seufzend den Blinker.

»Kennen Sie denn schon den mit den Nonnen auf dem Fahrrad?« fragte Willibald.

»Ja«, log Caroline und kurbelte verzweifelt am Lenkrad.

»Und den, wo die Nonnen auf der Heizung sitzen?«

»Den auch.«

Caroline arbeitete sich konzentriert vor und zurück. Am Ende stand der Wagen tatsächlich in der Lücke. Caroline war stolz auf sich.

Willibald öffnete die Beifahrertür und zeigte auf den Randstein.

»Mindestens einen Meter zu weit vom Bürgersteig weg«, meckerte er. »Versuchen Sie es noch mal, schönste Caroline.«

Caroline legte seufzend den Gang ein und kurbelte sich aus der Lücke heraus. Immer das gleiche mit diesen Parklücken.

»Kommt ein Kegelclub in den Puff«, sagte Willibald und strich sich das blondgesträhnte Haar aus der Stirn.

Caroline stöhnte.

»Den können Sie aber noch nicht kennen. Also, kommt ein Kegelclub in den Puff. Alle haben ordentlich einen gebechert. Sagt die Puffmutter ...«

Es war ein langer Witz. Er nahm die gleiche Zeit in Anspruch, die Caroline für das erneute Einparken des Wagens benötigte.

»Immer noch zu weit«, befand Willi. »Noch einmal.«

Caroline warf einen verstohlenen Blick auf die Uhr. Noch eine Viertelstunde. Verflucht.

»Die Kleine auf dem Plakat ist aber auch nicht von schlechten Eltern«, meinte Willibald und pfiff anerkennend durch seine Jacketkronen.

Caroline schaute zu dem Plakat hinauf und stutzte. Unter der Headline *»Es gibt einfach Wesen, mit denen man das Bett lieber teilt«*, rekelte sich eine kaum bedeckte Schönheit in einem breiten, zerwühlten Bett. *»PARATEX in der Sprühflasche hilft zuverlässig gegen Wanzen, Kakerlaken, Silberfische, Flöhe und anderes Ungeziefer«* stand darunter.

Caroline schluckte überrascht.

Die kaum Bedeckte sah genauso aus wie Matilda. Sie hatte auch den gleichen Leberfleck an der Stelle unter dem linken Auge. Haargenau den gleichen. Das *war* Matilda, kein Zweifel.

»Die würde ich nicht von der Bettkante schubsen«, brabbelte Willibald. »Gucken Sie sich mal die Möpse an.«

»Die kenne ich«, flüsterte Caroline matt.

»Wirklich?« fragte Willibald ungläubig. »Hey, wo fahren Sie denn hin?«

»Ich muß dringend nach Hause«, erklärte Caroline hastig. »Wir üben das mit dem Einparken in der nächsten Stunde.«

* * *

Der Sternenboden in Matildas Zimmer sah wunderschön aus. Fand jedenfalls Franziska. Robert und Cornelius hielten ihn für die hinterletzte Geschmacksverirrung. Das riesige Himmelbett hatte natürlich nicht durch die Tür gepaßt, und sie hatten es in seine Einzelteile zerlegen und anschließend wieder zusammenschrauben müssen.

»Das einzig Gute an diesem Riesenbett ist, daß es einen ziemlich großen Teil des Teppichbodens verdeckt«, meinte Robert und schraubte die letzte Querstange fest.

Cornelius stimmte ihm zu. »Das ist wie mit den Bildern an dieser abartig gelben Wand.«

»Ihr habt einen abartig spießigen Geschmack«, tadelte Franziska die beiden und trug Matildas Palme wieder ans Fenster.

In diesem Augenblick klingelte es Sturm, und gleichzeitig hämmerte jemand wie bescheuert an der Wohnungstüre herum.

»Was ist das?« fragte Franziska erschrocken.

Robert riß mutig die Tür auf.

»Caroline«, rief er überrascht. »Warum machst du so einen Heidenlärm? Ich denke, du hattest heute eine Doppelstunde? Und wie siehst du überhaupt aus?«

»Wo ist Matilda?« keuchte Caroline. »Etwas Schreckliches ist passiert!«

»Sie ist doch zu dem Konzert in der Hochschule«, sagte Franziska. »Was ist denn los, um Himmels willen?«

»Etwas Schreckliches ist passiert«, wiederholte Caroline. »Ich habe Matilda gerade auf einem Plakat gesehen. Nackt.«

»Du hast *was?*«

Caroline berichtete von Matildas nacktem Konterfei, samt Leberfleck unter dem linken Auge und der PARATEX-Sprühdose.

»Das glaube ich nicht«, sagte Cornelius.

»Ein Irrtum ist völlig ausgeschlossen«, meinte Caroline.

»Ich fürchte, sie hat recht«, sagte Robert. »Es wäre nicht das erste Mal, das Felix so was macht. Vermutlich hat er seine Schulden ans Finanzamt damit bezahlt.«

»Was machen wir denn jetzt?« fragte Caroline. »Wenn Matilda das sieht, ist Felix so gut wie tot.«

»Na, und?« Franziska hatte die Hände zu Fäusten geballt. »Wenn du mich fragst, wäre das sogar noch zu gut für ihn!«

»Vielleicht ist das ja am Ende alles mit Matildas Einverständnis passiert«, überlegte Cornelius. »Sie war doch so wild darauf, Model zu werden.«

»Das glaubst du doch wohl selber nicht«, widersprach Franziska. »Matilda würde ihren Körper nie im Leben für ein Insektenvertilgungsmittel hergeben. Nackt! Dann noch eher für Scheuermilch oder elektrische Zahnbürsten.«

»Das mindeste, was wir tun können, ist, die Plakate unkenntlich zu machen«, schlug Robert vor. »Hast du viele davon gesehen, Caroline?«

»Nur dieses eine in der Niehler Straße«, antwortete Caroline. »Das hat mir gereicht.«

»Wir könnten die Straßen mit dem Auto abklappern und auf jedem Plakat, das wir finden, Matildas Gesicht mit Farbe übersprühen«, schlug Cornelius vor. »Wir haben noch Sprühlack von Carolines Ofenaktion übrig.«

»Das ist eine gute Idee«, fand Robert »Du und Franziska, ihr nehmt euch die Südstadt vor und anschließend die Straßen um die Uni herum, und Caroline und ich nehmen meinen Wagen und suchen die Straßen innerhalb des Rings ab, einverstanden?«

»Da ist eins!« schrie Caroline und zeigte an den linken Fahrbahnrand.

Robert leitete ein waghalsiges Wendemanöver ein.

»Also doch! Ich hatte schon gehofft, dein Plakat in der Niehler wäre das einzige gewesen. Wenn ich anhalte, springst du raus und legst los!«

Caroline schüttelte zweifelnd die Sprühdose.

»Das Gesicht ist so hoch oben. Da komme ich im Leben nicht dran«, meinte sie. »Und außerdem kommen da andauernd Leute vorbei.«

Robert fand eine Parklücke in der Nähe.

»Also gut, dann machen wir's zusammen«, sagte er und stieg aus.

Caroline verbarg die Sprühdose in ihrer Manteltasche. Gemeinsam schlenderten sie unauffällig den Bürgersteig entlang. Vor dem Plakat blieb Robert stehen.

»Wow«, sagte er und stieß einen leisen Pfiff aus.

Caroline stupste ihn tadelnd in die Seite.

»Das ist wirklich nicht schlecht«, verteidigte sich Robert. »Fotografieren kann er ja, der Felix. Okay, gib mir die Farbe.«

»Das geht nicht. Da vorne kommen doch Leute«, zischte Caroline.

»Hier kommt immer wer«, sagte Robert energisch. Er klappte den Kragen seiner Jeansjacke nach oben und zog Caroline die Kapuze ihres Mantels über den Kopf. »So erkennt uns niemand. Es muß eben schnell gehen.«

Er nahm Caroline die Sprühflasche aus der Hand, schüttelte sie kräftig und hielt sie dann am ausgestreckten Arm in die Höhe. Matildas lächelndes Gesicht verschwand unter einem dicken Klecks weißen Ofenlacks.

»Und fertig«, flüsterte Robert, ließ die Dose in Carolines Manteltasche verschwinden und zog sie ein paar Meter weiter vor ein Schaufenster.

Es gehörte zu einem Spielzeugladen. Wie ganz harmlose Passanten betrachteten sie die Auslagen.

»Meinst du, das war das einzige Plakat?« fragte Caroline kichernd.

»Jedenfalls das einzige, das wir in den letzten zwei Stunden gefunden haben«, antwortete Robert. »Vielleicht ist jetzt einfach keine Saison für Parasiten.«

»Oder die haben die Werbung in Magazinen geschaltet«, meinte Caroline. »Dann ist unsere ganze Aktion umsonst gewesen, und Matilda trifft der Schlag, wenn sie nachher ihre Lieblingszeitschrift aufschlägt.«

»Wir haben jedenfalls unser Bestes getan«, meinte Robert.

»Vermutlich haben wir Felix damit das Leben gerettet«, überlegte Caroline. »Einen schönen Freund hast du da.«

»Ich hatte Matilda gewarnt«, erinnerte Robert sie.

»Ja, das stimmt. Guck mal, das süße, kleine Plüschschweinchen da.« Caroline deutete ins Schaufenster. »Willst du damit sagen, daß Matilda selber schuld ist?«

»Ihr Frauen laßt euch jedenfalls ganz schön oft mit den falschen Kerlen ein, finde ich. Du ja auch, mit diesem alten Knacker. Aber du mußt selber wissen, was du tust.«

»Du bist in letzter Zeit so anders«, stellte Caroline fest und lächelte ihn an. »Der Robert von früher hätte gesagt, er wäre der einzig wahre Mann für mich, und dann hätte er mir angeboten, das ganze Schaufenster leerzukaufen.«

»Ich habe mich eben weiterentwickelt«, sagte Robert »Kennst du das Märchen von König Drosselbart?«

»Ja, warum?«

»Dann weißt du ja auch, daß die Prinzessin am Ende sagt: Ach, hätt' ich genommen König Drossel-Robert.«

»Das habe ich sowieso nie verstanden«, sagte Caroline. »Komm, wir fahren nach Hause. Mehr Plakate scheint es in dieser Gegend nicht zu geben. Wir haben jetzt alles abgegrast. Vermutlich wird Matilda nie eins zu Gesicht bekommen.«

Leider befand sie sich mit dieser Vermutung im Irrtum. Sie hatten zwar fast alle Straßen nach den Plakaten abgesucht, aber etwas ganz Wesentliches vergessen: Die U-Bahn-Stationen. Aus irgendeinem Grund schien die Werbeagentur nämlich zu glauben, daß Menschen, die die U-Bahn benutzen, eher unter Kakerlaken und Flöhe zu leiden haben als andere. Daher hatten sie in den U-Bahn-Stationen eine Menge Werbeflächen für die PARATEX-Kampagne reserviert.

Und Matilda fuhr natürlich mit der U-Bahn von der Hochschule nach Hause. Sie erblickte das Plakat zum ersten Mal am Appellhofplatz. Ein Mädchen, das ganz genau so aussah wie sie, in Felix zerwühltem Bett, mit nackter Brust in die Kamera lächelnd. Ein mal zwei Meter in Farbe.

Das war doch wohl nicht möglich! Matilda quetschte ihre Nase ans Fenster und starrte das Bild geschlagene zwölf Sekunden an, ohne Luft zu holen.

»Nein«, keuchte sie schließlich. »Das bin nicht ich!«

Die Bahn setzte sich wieder in Bewegung.

»Das ist nicht wahr«, flüsterte Matilda »Ich träum' das bloß.«

Sie ließ sich auf ihren Sitz zurückfallen und schloß hoffnungsvoll die Augen. Felix würde sie nicht so reingelegt haben. Felix war verliebt in sie. Da tat man so was nicht! Niemals. Und sie war verliebt in Felix. Jedenfalls so gut wie.

Die U-Bahn lief den Neumarkt an. Matilda drehte den Kopf zum Fenster und öffnete probeweise ein Auge. Und da war sie wieder. Lebensgroß. Unverkennbar. Nackt!!!

»Es gibt einfach Wesen, mit denen man das Bett lieber teilt – PARATEX in der Sprühflasche hilft zuverlässig gegen Wanzen, Kakerlaken, Silberfische, Flöhe und anderes Ungeziefer.«

Matilda riß das andere Auge auch auf.

Sie war's! Dieser Typ hatte es gewagt, ihr Nacktfoto an einen Chemikalienhändler zu verscherbeln. Sie, Matilda, machte Werbung für ein Insektenvertilgungsmittel! Nackt!!!

Sie schnaubte durch die Nase wie ein zorniges Pferd. Schlimm genug, daß ihr Abbild in der ganzen Stadt zu sehen war. Aber ausgerechnet für Insektenvertilgungsmittel!

Was fiel diesem dahergelaufenen, langhaarigen Saftarsch überhaupt ein! Matilda knirschte gefährlich mit den Zähnen. Er würde es noch bereuen, ihr jemals über den Weg gelaufen zu sein!

Wenn es wenigstens für Parfüm gewesen wäre oder für Pralinen. Aber ein Mittel gegen Kakerlaken und Flöhe! Das war ja wohl das allergemeinste, was ihr jemals widerfahren war.

»Den mach' ich alle!« flüsterte sie vor sich hin.

Als die U-Bahn das nächste Mal hielt, stieg Matilda aus. Eine Station zu früh.

Felix war so gut wie tot! Aber vorher würde sie ihm jedes Haar einzeln vom Kopf rupfen. Sie rannte den ganzen Weg nach Hause, ohne aus der Puste zu kommen. An der Haustüre stieß sie mit Robert und Caroline zusammen.

»Wo ist er?« rief sie und packte Robert am Arm.

»Ach, du Scheiße!« sagte Caroline.

Robert versuchte, sich doof zu stellen.

»Wer?« fragte er.

»Felixxxxx«, zischte Matilda und zerrte Robert grob am Ärmel. »Gib mir euren Wohnungsschlüssel!«

»Ach, du Scheiße!« sagte Caroline wieder. Matilda schüttelte Robert wie einen Apfelbaum.

»Euren Wohnungsschlüssel«, forderte sie.

»Vielleicht reden wir erst mal darüber«, meinte Robert vorsichtig.

»Erstmal rede ich mit Felix«, schnaubte Matilda. »Her mit dem Schlüssel!!«

Robert zog sein Schlüsselbund aus der Hosentasche und reichte es Matilda mit spitzen Fingern, als sei es ein toter Fisch.

»Das kannst du nicht machen«, rief Caroline erschrocken. »Sie bringt ihn um!«

Matilda stürmte vor ihnen die Treppe hinauf.

»Und wenn schon«, sagte Robert. »Verdient hat er's.«

Felix war gerade dabei, sich sein Abendessen zuzubereiten. Er schmierte hingebungsvoll zwei Brote mit Kräuterkäse und schnitt dazu Tomaten in Scheiben. Als er das ganze zurück zur Couch balancieren wollte, stand plötzlich Matilda mitten im Raum, wie aus dem Boden gewachsen.

»Überraschung!« sagte sie.

Felix mochte keine Überraschungen dieser Art.

»Wo kommst du denn her?« fragte er ungehalten. »Soweit ich mich erinnere, waren wir erst für morgen verabredet.«

Matilda lächelte merkwürdig.

»Für dich gibt es kein Morgen mehr«, sagte sie. »Du hast einen großen Fehler gemacht.«

Felix verzog keine Miene. »Du hast das Plakat gesehen? Unser erstes verkauftes Foto. Eigentlich kannst du dich freuen.«

»Freuen?« wiederholte Matilda. Sie begann, durch den Raum zu wandern. Hinter dem Regal auf Rollen, in welchem Felix seine Objektive, die Sofortbildkamera und anderes Zubehör aufbewahrte, blieb sie stehen. »Ja, vielleicht sollte ich mich wirklich freuen. Es gibt doch nichts Schöneres, als nackt für ein Insektenvertilgungsmittel zu werben.«

Sie gab dem Regal einen kleinen Schubs. Es machte einen Satz vorwärts.

»Laß das!« befahl Felix. »Das sind sehr wertvolle, empfindliche Gegenstände. Und was diese Fotogeschichte angeht – ich dachte, wir hätten das alles bereits geklärt. Du hast mir die Rechte für das erste Foto, was ich verkaufen kann, abgetreten, und dieses war das erste Foto, was ich verkaufen konnte. Basta!«

Matilda nahm ein Objektiv vom Regal und wog es in ihrer Hand.

»Es war ein privates Foto«, sagte sie leise. »Aufgenommen in einem Augenblick, in dem ich dir voll und ganz vertraut habe. Und du hast es nicht aus Liebe gemacht oder weil es ein besonderer Augenblick für dich war, sondern aus purer Berechnung. Alles. Von Anfang an.«

»Und wenn es so wäre?« fragte Felix. »Das hieße nicht, daß ich die Sache mit uns deshalb weniger genossen hätte oder dich weniger gern haben würde.«

Matilda erwiderte nichts. Jedenfalls nicht mit Worten. Sie warf das Objektiv nach ihm. Es fiel mit einem dumpfen Schlag auf den Teppichboden.

»Sag mal, spinnst du?« schrie Felix auf. »Weißt du, wieviel das gekostet hat?«

Aber Matilda hörte nicht. Sie hielt schon das nächste Objektiv wurfbereit in der Hand, sein bestes Weitwinkel. Von Matildas Hand flog es in einem sanften Bogen auf den Couchtisch vor dem schwarzen Sofa. Es durchschlug die Glasplatte des Tisches wie dünnes Eis.

»Ha!« schrie Matilda gellend. »Zerbrochen!«

Felix bekam es mit der Angst zu tun. Er fühlte sich Matilda nicht gewachsen. Sie war genauso groß wie er und schon von Natur aus nicht eben schwächlich, aber die Wut schien ihre Kräfte verhundertfacht zu haben. Außerdem war da etwas in ihren Augen, das ihn vermutlich auch davon abgehalten hätte, ihr in den Arm zu fallen, wenn sie zwei Köpfe kleiner gewesen wäre.

Hilflos sah er zu, wie sie mit dem Regal auf seine Kamera zusteuerte und sie samt Stativ überrollte. Es schepperte fürchterlich. Er überlegte verzweifelt, wie er diese Verwüstung seiner Versicherung erklären sollte.

»Du falscher, hinterhältiger, verlogener Drecksack!« schrie Matilda und kam auf ihn zu. »Ich bin noch nicht fertig mit dir!«

Felix machte sich auf das Schlimmste gefaßt. In der Mitte des Raumes blieb Matilda stehen und starrte ihn mit großen Augen an, ohne mit den Wimpern zu zucken. Felix starrte wie paralysiert zurück.

Ein paar atemberaubende Sekunden lang geschah gar nichts. Dann machte Matilda plötzlich kehrt, lief zur Tür und knallte sie hinter sich ins Schloß.

Peng! Und weg war sie. Felix hörte erleichtert, wie ihre Schritte auf der Treppe verhallten.

Völlig erledigt ließ er sich auf das schwarze Sofa plumpsen. Allerdings nur, um sofort wieder aufzuspringen. Er hatte sich in eine scharfe Glasscherbe gesetzt. So scharf, daß sie den Hosenboden seiner schwarzen Jeans durchschnitten und ein Stückchen der Haut an seinem Allerwertesten angeritzt hatte. Das Blut tropfte auf den hellen Teppichboden und machte das Chaos perfekt.

* * *

»Nur zwei Plakate in der ganzen Stadt.« Franziska suchte nach dem Wohnungsschlüssel in ihrer Tasche. »Wir haben bestimmt welche übersehe. Allerdings – vielleicht machen die erst im Frühling wieder richtig Werbung für das Zeug, wenn die Kakerlaken, Flöhe und Läuse aus dem Winterschlaf erwachen, was meinst du?«

»Irgend jemand muß es Matilda sowieso sagen«, sagte Cornelius. »Aber ich will nicht derjenige sein.«

»Ich möchte nicht derjenige sein, der ihr den ganzen Schlamassel eingebrockt hat.« Franziska seufzte wieder.

Cornelius sah ernst auf sie herab.

»Den ganzen Tag haben wir uns nur um Matildas Kram gekümmert«, meinte er. »Erst den Teppichboden, dann diese Sache mit den albernen Plakaten. Vor lauter Matilda hier, Matilda da hatten wir überhaupt keine Zeit für uns.«

Franziska bekam plötzlich Herzklopfen.

»Für uns?« wiederholte sie.

Irgend etwas über ihnen schepperte ganz fürchterlich.

»Das kam von da oben«, sagte Franziska und zeigte die Treppe zum Dachgeschoß hinauf.

»Und wenn schon.« Cornelius neigte sich näher zu ihr. »Nicht mal ein Erdbeben könnte mich davon abhalte, dich zu küssen.«

Und das tat er dann. Ausgiebig. Franziska schloß hingerissen die Augen.

Im Dachgeschoß rumorte es derweil fröhlich weiter. Plötzlich öffnete sich oben die Wohnungstüre und wurde wieder mit einem ohrenbetäubenden Knall ins Schloß geworfen. Jemand trampelte temperamentvoll die Treppe herab. Das war Matilda. Wie ein wütendes Pferd blieb sie vor den zwei Küssenden stehen und schnaubte durch ihre Nüstern.

Die beiden fuhren auseinander wie ertappt.

Kein Erdbeben hätte Cornelius davon abhalten können, Franziska zu küssen, aber Matilda war schlimmer als ein Erdbeben. Sie konnte es. Und wie sie es konnte.

»Das ist ja wohl das Allerletzte«, schrie sie. »Erst muß ich mich nackt auf einem Plakat wiederfinden, und jetzt werde ich auch noch von euch beiden hintergangen! Ausgerechnet!«

Franziska schüttelte den Kopf. »Wir haben ja wohl nichts damit zu tun.«

»Gerade wo ich so dringend eure Unterstützung brauchte. Das nennst du also Treue, Cornelius«, klagte Matilda. »Haha! Fängst hinter meinem Rücken was mit einer anderen an.«

»Also wirklich«, schnappte Franziska. »Du bist ja wohl nicht ganz dicht!«

»Von dir hätte ich nie im Leben so was gedacht!« Matilda schloß die Wohnungstür auf. »Mir meinen Freund auszuspannen. So was Hinterhältiges.«

Mit einem zornigen Aufschluchzer verschwand sie in ihrem Zimmer. Und peng!

»Wo sie das Plakat wohl gesehen hat?« fragte Cornelius draußen im Flur.

»Das ist mir egal!« fauchte Franziska. »Ich würde sie am liebsten schütteln und schlagen. Sie ist so ungerecht!«

»Sie ist nur unglaublich zornig wegen dieser Plakatgeschichte«, erklärte Cornelius.

»Warum verteidigst du sie?« rief Franziska. »Sie spinnt ja wohl! Erst gibt sie dir den Laufpaß wegen diesem saublöden Felix, und dann, Wochen später, tut sie so, als müßtest du ihr ein Leben lang treu bleiben und ihr Händchen halten, wenn sie mit anderen Typen Schiffbruch erleidet.«

»Naja, das ging ja wirklich ziemlich schnell mit uns. Kein Wunder, daß Matilda enttäuscht ist. Für sie war es wohl eine zu große Überraschung. An so einem Tag wie heute. Denk doch mal, wie du dich fühlen würdest.«

»Verflucht noch mal!« rief Franziska aufgebracht. »Ich kann diese ewigen Entschuldigungen für Matildas Verhalten nicht mehr hören. Immer wird ihr alles verziehen. Immer. Wenn du sie so wunderbar findest, dann geh doch rein und tröste sie. Jetzt will sie dich ja wieder! Da hast du bloß drauf gewartet!« Sie schniefte zornig. »Aber glaub bloß nicht, daß ich dich dann noch mal tröste, wenn sie dich das nächste Mal ablegt wie einen alten Hut! Dann tust du mir nämlich nicht mehr leid.«

»Oh, ich habe dir also leid getan?« sagte Cornelius »Das ist ja gut zu wissen.«

Caroline und Robert reckten vorsichtig ihre Hälse in den Flur hinaus.

»Entschuldigung, daß wir euch unterbrechen«, meinte Robert. »Aber wir müssen jetzt mal nach Felix schauen. Vielleicht braucht er ja einen Krankenwagen oder so was.«

»Ich wollte sowieso gerade gehen«, sagte Cornelius und drehte sich um. »Wenn ich nämlich noch länger bleibe, brauchen wir hier einen Leichenwagen.«

»Ja, geh du nur! Und wage es bloß nicht, bei mir anzurufen!« rief Franziska hinter ihm her. »Ich will dich niemals wiedersehen, daß du's weißt!«

Dann fing sie ganz fürchterlich an zu heulen. Caroline und Robert sahen sich ratlos an.

»Ach, du Scheiße«, war alles, was Caroline dazu sagen konnte.

* * *

»Ich habe jetzt Fahrstunde«, verkündete Caroline. »Ob man euch beide wohl allein in der Wohnung lassen kann?«

»Sei nicht albern«, fauchte Matilda.

»Bevor du gehst, wäre es aber nett, wenn du Matilda noch einmal daran erinnern würdest, daß sie gefälligst den öligen Film aus der Badewanne entfernt, den ihr stinkendes Gesundheitsbad dort hinterlassen hat«, sagte Franziska und kniff böse die Lippen zusammen.

Caroline sah von einem zum anderen. Franziska und Matilda standen ungefähr zwei Meter voneinander entfernt, und beide taten so, als wäre jeweils die andere pure Luft. Wie in einem schlechten Theaterstück. Caroline seufzte.

»Wie die Kinder«, sagte sie. »Es wäre gut, wenn wenigstens eine von euch heute abend die Wohnung verlassen würde. Hast du kein Rendezvous mit Felix, Matilda? Vielleicht willst du ja noch ein bißchen von seiner Ausrüstung zusammenschlagen?«

»Sehr witzig, verdammt noch mal«, knurrte Matilda, drehte sich um und knallte die Badezimmertür hinter sich zu.

»Peng«, sagte Caroline. »Was hat sie denn immer noch? Man kann sie doch auf keinem einzigen Plakat in dieser Stadt mehr erkennen, dafür haben wir gesorgt. Oder sie hat immer noch was für diesen Felix übrig.«

»Das ist nicht wegen Felix, sondern wegen Cornelius«, sagte Franziska böse. »Seit Matilda gesehen hat, daß er mit einer anderen, also mit mir, glücklich werden kann, ist sie sauer.«

»Ich glaube eher, daß das noch an dem Kakerlakenplakat liegt«, meint Caroline. »Das war ja wohl auch der absolute Hammer. Niemand würde das ohne Folgeschäden überstehen. Im Grunde hat Matilda sicher nichts dagegen, daß du und Cornelius miteinander glücklich werdet.«

»Hat sie wohl«, seufzte Franziska. »Du hättest sie mal erleben sollen, neulich abend. Was die mir alles an den Kopf geworfen hat!«

»Du kennst sie doch«, sagte Caroline. »Am nächsten Tag hat sie's vergessen, und es tut ihr leid.«

»Ja, das sieht man«, murmelte Franziska und deutete auf die zugeschmetterte Badezimmertüre. »Seit sich dieses Monster da eingemischt hat, ist sowieso alles kaputt. Heute nacht habe ich sogar schon daran gedacht, wieder nach Hause zu ziehen.«

»Soweit kommt das noch!« rief Caroline erschrocken.

»Wo jetzt doch bald Weihnachten ist«, murmelte Franziska. »Ich könnte mich zu Hause verkriechen, bis der Winter vorbei ist und ich Cornelius vergessen habe.«

»So einen Blödsinn solltest du nicht mal denken«, meinte Caroline streng. »Du und Cornelius, ihr seid sozusagen füreinander geschaffen. Das kann jeder Blinde sehen. Warum rufst du ihn nicht endlich an und machst dieser zähen Warterei ein Ende?«

»Ich weiß nicht«, sagte Franziska traurig. »Es ist viel komplizierter, als ich dachte. Was, wenn er mich wirklich nur als Trostpflaster gebraucht hat?«

»Das ist doch Blödsinn«, widersprach Caroline und sah auf die Uhr. »Du machst dich nur selber unglücklich. Und den armen Cornelius auch.«

»Wenn ihm was an mir läge, würde er längst bei mir angerufen haben«, meinte Franziska.

»Ich denke, das hast du ihm verboten?« erinnerte Caroline sie und knöpfte ihren Mantel zu. »Ich muß jetzt wirklich gehen. Aber wir reden nachher weiter, ja? Kopf hoch.«

»Viel Spaß«, sagte Franziska müde.

Die Wolken hingen tief über der Stadt. Feiner Nieselregen besprühte die Windschutzscheibe und zwang Caroline, von Zeit zu Zeit den Scheibenwischer zu betätigen.

»Den Scheibenwischer, nicht die Heckscheibenbelüftung«, sagte Willibald und führte ihre Hand zum richtigen Hebel.

Wie immer verlängerte er dabei den Körperkontakt über die Anstandsgrenzen hinaus. Caroline hatte sich mittlerweile daran gewöhnt und ignorierte es, so gut es ging.

Ihre Stimmung war mindestens so trübe wie das Wetter. Auch die Weihnachtsbeleuchtung allüberall auf den Tannenspitzen konnte daran nichts ändern. Sie mußte an die miese Stimmung in der Wohngemeinschaft denken, an Matildas Ärger mit Felix, an Franziskas Liebeskummer wegen Cornelius und an ihre eigenen Probleme nach dieser peinlichen Geschichte mit Jansen. Es war gräßlich, in seinem Seminar zu sitzen und immer daran erinnert zu werden, in seiner Badewanne gelegen zu haben.

»So, und gleich da vorne üben wir noch einmal das Einparken.« Willibalds Stimme riß sie aus ihren Träumen.

Caroline setzte den Blinker und begann mit der Kurbelei.

»Sachte, ganz sachte«, sagte Willibald und legte seine Hand auf ihre. »Der Wagen hat eine Servolenkung.«

Das Auto stand.

»Beinahe perfekt«, sagte Willibald. »Wirklich, Caroline, Sie machen sich langsam.«

Anerkennend verlegte er seine Hand vom Lenkrad auf ihren Oberschenkel.

»Noch vier, fünf Stunden, dann kann ich Sie zur Prüfung anmelden«, meinte er und lächelte schmierig. »Wie wär's, sollten wir beide das nicht ein bißchen feiern? Nach der Fahrstunde, mit einem Bier?«

»Das geht leider nicht«, log Caroline schnell. »Mein großer Bruder ist aus Kiel zu Besuch gekommen.«

Großer Bruder, das klang doch respekteinflößend genug! Willibalds Hand verharrte trotzdem auf ihrem Bein. Caroline überlegte, ob sie ihrem erfundenen Bruder gleich auch ein Vorstrafenregister wegen empfindlicher Körperverletzungen andichten sollte. Besser war es allerdings vermutlich, Willibalds Hand von ihrem Schenkel zu schieben. Mit Nachdruck.

Das tat sie dann auch. Mit Nachdruck.

Willibald ließ sich davon nicht beirren. Er drehte sich so weit zu ihr um, daß er sich mit der rechten Hand am Lenkrad festhalten konnte. Die andere Hand zupfte dreist an ihren Locken herum.

»Sie haben wirklich schöne Haare, Caroline«, sagte er, »tolle Locken. Einmalige Farbe.«

»Herr Renner!« murmelte Caroline. »Lassen Sie das bitte.«

Willibald hielt ihr vages Gemurmel keineswegs für eine Zurechtweisung. »Will! Ich dachte, Sie würden mich Will nennen.«

»Ich will Sie überhaupt nicht nennen. Ich will nach Hause, die Zeit ist um«, sagte Caroline verlegen.

»Ja, nun seien Sie doch mal nicht so scheu, Caroline.« Willibald nahm die Hand vom Lenkrad und ließ sie im Luftraum über Carolines Beinen schweben wie ein Geier über Aas in der Wüste. »Mögen Sie mich denn nicht auch ein bißchen?«

Er sah sie mit großen, traurigen Augen an. Caroline wußte nicht, was sie tun oder sagen sollte. Willibald konnte einem ja fast leid tun. Es war ihr alles andere als angenehm, von ihm angefaßt zu werden. Aber aus irgendeinem albernen Grund wollte sie nichts tun oder sagen, was Willibald kränken könnte.

Willibald verstand ihr Zögern völlig falsch. Er grub seine linke Hand mit einem leisen Grunzen tiefer in ihr Haar. Gleichzeitig stieß der rechte Handgeier aus der Luft auf ihre Beine herab.

»Nein, hören Sie. Ich will das nicht. Lassen Sie das bitte!«

»Ihre Haare haben mich von Anfang an neugierig gemacht«, sagte Willibald, und der Aasgeier fuhr an Carolines Beinen herauf bis in ihren Schritt. »Was mich interessieren würde: Sind die am ganzen Körper so rot? Auch hier?«

Caroline war zu Tode erschrocken.

»Lassen Sie das«, flüsterte sie.

Willibald tat natürlich nichts dergleichen. Er schob sich noch näher und versuchte, sie zu küssen. Caroline drehte den Kopf weg, und so erwischte er nur ihr Ohr. Er bedeckte es mit feuchten Schmatzern. Eine Hand zwischen ihren Beinen, die andere in ihrem Nacken, fühlte sich Caroline wie in einem Schraubstock.

»Zeig's mir, Schätzchen«, grunzte Willibalds Stimme an ihrem Ohr. »Zeig mir deine roten Haare, dein süßes, kuscheliges Geheimnis.«

Er machte Anstalten, den Reißverschluß ihrer Jeans zu öffnen.

»Neiiiiin!« schrie Caroline und strampelte heftig mit den Beinen.

Willibald lockerte vorübergehend seinen Schraubstockgriff, und sie nutzte die Gelegenheit, um sich endlich ganz von ihm loszureißen, hastig die Fahrertüre zu öffnen und aus dem Auto zu sprinten.

»Wo willst du denn hin?« hörte sie Willibald mit jammervoller Stimme hinter ihr herrufen, aber sie blieb nicht stehen.

So schnell sie konnte, rannte sie um die nächste Ecke auf einen kleinen, quadratisch angelegten Platz. Dort hielt sie zitternd inne und sah sich um. Willibald war ihr nicht gefolgt.

Natürlich nicht. Er war schließlich kein Mann, der junge Mädchen im Park überfiel. Er überfiel sie in seinem Fahrschulauto, das war doch viel bequemer.

Caroline preßte sich die Hand auf den Magen. Ihr war totschlecht. Sie übergab sich in einen öffentlichen Papierkorb.

»Wat Falsches jejessen?« fragte der ältere Herr, der neben dem Papierkorb auf einer Bank saß. »Oder sind Se am Ende schwanger?«

Caroline richtete sich haßerfüllt auf. Männer! Die hatten doch immer nur das eine im Kopf. Ganz gleich, wie alt sie waren.

»Sie Schwein«, sagte sie zu dem älteren Herrn auf der Bank und rannte weiter.

Der Herr sah ihr kopfschüttelnd hinterher.

* * *

Die Stimmung in der Wohnung war auf den absoluten Nullpunkt gesunken. Franziska saß seit zwei Stunden in ihrem Schaukelstuhl und verspürte nicht die geringste Lust, ihr Zimmer jemals wieder zu verlassen. Obwohl sie langsam Hunger bekam. Seit dieser Geschichte mit Matildas Plakat hatten sie keine einzige Mahlzeit mehr gemeinsam eingenommen. Sie hatten überhaupt nichts Gemeinsames mehr getan.

Franziska seufzte. Allmählich wurde ihr dieser Streit mit Matilda echt zu blöde. Auch Caroline schien ziemlich genervt davon zu sein. Sie war nach der Fahrstunde sehr wortkarg gewesen, hatte sich geduscht und war dann ebenfalls in ihrem Zimmer verschwunden. Kein Wunder, die Stimmung mußte sie ja mit runterziehen! Franziska schaukelte melancholisch vor und zurück. Sie hätte eigentlich gern alles wieder in Ordnung gebracht. Aber Matilda befand sich im Unrecht, und da mußte sie schließlich auch den ersten Schritt zur Versöhnung tun.

Franziska hörte sie nebenan auf dem Klavier spielen. Ein Nocturne von Chopin. Es klang ziemlich traurig. Trotzdem – Franziska schüttelte den Kopf. Sie konnte auch stur sein, wenn sie wollte.

Was noch viel schlimmer als der Streit mit Matilda war, war der Streit mit Cornelius. Er fehlte ihr so sehr! Daß das mit ihnen schiefgelaufen war, war auch Matildas Schuld. Matilda war überhaupt an allem schuld.

Franziska wischte sich eine einzelne Träne von der Wange. Das Leben war furchtbar. Es gab auch überhaupt nichts, worauf man sich freuen konnte.

Jemand klopfte leise an ihre Tür. Caroline streckte ihren Kopf herein. Sie sah auch irgendwie mitgenommen aus.

»Warum weinst du?« fragte sie.

»Tu ich ja gar nicht«, antwortete Franziska, aber jetzt begannen ihre Tränen erst recht zu fließen. »Das Leben ist so scheußlich«, flüsterte sie.

Caroline hockte sich vor dem Schaukelstuhl auf die Dielen.

»Ja«, sagte sie. »Das finde ich auch.«

Franziska glitt neben sie auf den Boden.

»Könntest du mich vielleicht mal in den Arm nehmen?« fragte sie, und Caroline legte beide Arme um sie und zog sie an ihre Brust. »Ich wollte mich eigentlich von dir trösten lassen.«

»Das Leben ist so grauenhaft«, schluchzte Franziska. »Ach, ich bin ja so unglücklich.«

»Ich auch«, sagte Caroline seufzend und fing ebenfalls zu weinen an. »Ich wünschte, ich wäre niemals erwachsen geworden. Es ist grauenhaft, erwachsen zu sein!«

Sie schluchzten eine Weile vor sich hin. Die Klaviermusik nebenan war verstummt. Matilda öffnete zaghaft die Tür und streckte ihren Kopf hinein.

»Was macht ihr denn da?« fragte sie erstaunt, als sie das eng umschlungene heulende Elend auf dem Fußboden sah.

Caroline hob den Kopf.

»Wir weinen, weil das Leben so scheußlich ist«, erklärte sie.

Matilda nickte.

»Ich fühle mich auch ganz beschissen«, sagte sie. »Ich halte das einfach nicht mehr aus, so alleine da nebenan.«

Caroline öffnete ihre Arme.

»Dann komm«, schniefte sie. »Hier ist auch noch Platz für einen dritten Heuler.«

Matilda stürzte sich bereitwillig dazu.

»Das war die schrecklichste Woche meines ganzen Lebens«, sagte sie, und auch ihre Tränen begannen zu fließen. »Ich wünschte, ich hätte Felix den Schädel eingeschlagen.«

Franziska guckte sie wütend an.

»Statt dessen hast du mir den Schädel eingeschlagen«, meinte sie. »Symbolisch jedenfalls.«

»Das tut mir auch echt leid«, behauptete Matilda und putzte sich zerknirscht die Nase. »Ich war aber so was von wütend! Ich brauchte einfach genau in diesem Augenblick eine Art Ventil. Und da standet ihr zwei eben goldrichtig.«

»Ein Ventil?« wunderte sich Caroline. »Du hattest deine Wut doch längst an Felix' Ausrüstung ausgelassen.«

»Ja, das stimmt. Aber ich wollte ihm den Hals umdrehen. Ich habe mich gerade noch gebremst.«

»Ich verstehe«, meinte Franziska. »Das mit uns war dann sozusagen statt Mord. Robert hat aber gesagt, du hättest Felix einen Schnitt in den Hintern verpaßt, so daß er tagelang nicht sitzen konnte.«

»Damit hatte ich nichts zu tun«, sagte Matilda bedauernd. »Leider.«

Franziska schaute eine Weile schweigend auf den Boden.

»Es tut mir leid«, wiederholte Matilda. »Ehrlich. Du und Cornelius, ihr könnt ruhig miteinander machen, was ihr wollt.«

Franziska fing prompt wieder zu heulen an.

»Wir sehen uns nicht mehr«, erklärte sie schluchzend. »An dem besagten Abend haben wir uns fürchterlich gestritten, und jetzt ist alles aus.«

»Ach, Scheiße! Das wollte ich echt nicht. Ehrlich. Bitte sei mir nicht mehr böse«, bat Matilda und streichelte Franziska über den Scheitel. »Das hab' ich nicht gewollt.«

Franziska versuchte ein Lächeln. Ihre Nase lief. Caroline reichte ihr ein Taschentuch.

»Wir sind schon ziemlich bescheuert«, meinte Franziska und schneuzte sich heftig. »Wenn man uns so sieht. Drei heulende Gestalten. Und weswegen? Nur der Männer wegen.«

»Genau«, seufzte Caroline. »Männer sind widerlich! Eigentlich dürfte es die überhaupt gar nicht geben.«

»Warum heulst du denn? Immer noch wegen dieses pädophilen Psychologieprofessors?« fragte Matilda teilnahmsvoll.

»Ach, Quatsch. Das ist doch schon Lichtjahre her«,

sagte Caroline unglücklich. »Heute ist mir noch was viel Ekeligeres passiert.«

»Heute? Erzähl.«

Caroline schniefte. Matilda reichte ihr ein weiteres Taschentuch.

»Hat es mit einem Mann zu tun?« wollte sie wissen.

»Natürlich, wie alles Schlechte auf dieser Welt«, sagte Caroline und berichtete von Willibalds schmierigen Händen und seinen noch schmierigeren Bemerkungen.

»Der hatte Hände wie ein Tintenfisch. Viel mehr als nur zwei. Die waren überall!«

»Wie konntest du das zulassen?« fragte Franziska empört.

»Ich habe ihm ja oft genug gesagt, daß ich das nicht will und daß er das bitte lassen soll! Aber das hat überhaupt nichts genutzt.«

»Bitte? Du hast bitte gesagt?« Matilda sprang auf. »Bei solchen Typen hilft nur ein gezielter Hieb in die Eier. Und dann nichts wie weg.«

»Ich weiß«, seufzte Caroline. »Ich habe mich wieder mal wie ein Schaf benommen. Am Anfang hatte ich sogar Angst, ich könnte ihn irgendwie kränken, wenn ich nein sage!«

Franziska nahm sie tröstend in die Arme. »Ich wüßte auch nicht, ob ich sofort so rabiat reagieren würde, wie man sich das theoretisch immer vorstellt. Man kennt den Mann ja, und irgendwie ist man auf so eine Situation gar nicht vorbereitet, stimmt's?«

»In Zukunft bin ich's«, versprach Caroline. »Ich rechne immer nur noch mit dem Schlimmsten. Bei jedem Mann, der mir über den Weg läuft.«

»Du könntest ihn anzeigen«, schlug Franziska vor. »Wegen sexueller Belästigung abhängiger Minderjähriger.«

»Ich bin nicht minderjährig.«

Matilda setzte sich mit einem Ruck auf. »Anstatt uns hier wie ängstliche Kinder zu verkriechen, sollten wir lieber zur Tat schreiten«, sagte sie. »So was dürfen wir uns einfach nicht gefallen lassen. Weder von Felix noch von diesem dahergelaufenen Fahrlehrer.«

»Das ist wahr«, stimmte Caroline zu. »Aber ich trau' mich das nicht, zur Polizei zu gehen.«

»Eine Anzeige wäre auch überhaupt nicht schlimm genug für diesen schmierigen Frauenschänder«, erklärte Matilda. »Nein, wir müssen uns richtig rächen. Die Typen an ihrer empfindlichsten Stelle treffen.«

»Ich habe gerade ein Buch gelesen, in dem zwei Frauen die Männer, die ihnen nicht passen, einfach beseitigen und in ihrem Garten vergraben. Und einen dieser Kerle machen sie betrunken und betäuben ihn mit Schlaftabletten. Dann malen sie ihn mit Nagellack an, ziehen ihn nackt aus und machen Fotos von ihm.«

»Das wäre was für Felix«, sagte Matilda begeistert. »Wenn sein Nacktfoto in der ganzen Stadt zu sehen wäre, wäre das meine allerschönste Vendetta.«

»Deine was?«

»Vendetta. So nennt man die Blutrache auf Korsika. Mein Großvater war Korse. Er hat immer davon erzählt. Auge um Auge, Zahn um Zahn. Man schwört, nicht eher zu ruhen, bis man den getötet hat, der einem Böses getan hat.«

Caroline setzte sich erschrocken auf. »Du meinst, wir sollten sie töten? Felix und Willibald?«

Matilda schüttelte zögernd den Kopf.

»Nö«, meinte sie. »Nicht unbedingt! Aber rächen sollten wir uns auf jeden Fall. Der schmierige Willi und der selbstherrliche Felix sollten sich merken, daß sie so was nicht ungestraft mit uns machen können.«

»Ich bin dabei«, sagte Franziska. »Es wird höchste Zeit, daß wir uns wehren.«

* * *

»Er ist nicht da«, flüsterte Caroline. »Das Auto ist weg.«

»Du kannst ruhig ganz normal sprechen«, sagte Franziska laut. »Kein Mensch kann dich hören.«

Sie standen ein paar Meter vor Willibalds Fahrschule und taten so, als würden sie auf den Bus warten. In Wahrheit beobachteten sie Matilda, die im Fahrschulbüro stand und dabei war, sich dort unter falschem Namen als Schülerin einzutragen. Caroline zog ihre Baskenmütze tiefer in die Stirn.

»Wie viele Autos hat er denn überhaupt, der widerliche Willibald?« wollte Franziska wissen.

»Nur zwei, soviel ich weiß. Den Golf, mit dem ich immer fahre, und einen ganz feinen, silbergrauen Mercedes. Der ist Willibalds Augenstern. Mit dem dürfen nur ganz besondere Fahrschüler fahren.«

»Bald werden alle beide nur noch Blechhaufen sein«, prophezeite Franziska. »Was macht Matilda nur so lange da drinnen? Sicher will die Dicke da vorne an der Rezeption ihren Personalausweis sehen.«

»Die Dicke ist Willibalds Frau Annegret«, erklärte Caroline. »Sie versteht ihn nicht.«

»Natürlich nicht«, sagte Franziska. »Das sagen die doch immer.«

»Unter welchem Namen willst du dich anmelden?« erkundigte sich Caroline.

»Müller«, sagte Franziska phantasielos. »Das ist immer gut. Na endlich, da kommt Matilda.«

Matilda bog sich vor Lachen.

»Das war lustig«, kicherte sie. »Ich habe mich gefühlt wie in einem Krimi. Super!«

»Und?« fragte Franziska.

»Es hat wunderbar geklappt«, erzählte Matilda. »Die hat noch nicht mal nach den Papieren gefragt. Montagnachmittag habe ich meine erste Fahrstunde.«

»Ich werde fragen, ob ich erst mal eine Probestunde nehmen kann«, überlegte Franziska. »Dann gibt er sich sicher besondere Mühe. Vielleicht klappt das auch schon am Montag. Dann würden wir Willibalds Autos an ein und demselben Tag zu Schrott fahren.«

Matilda nickte. »Das paßt. Schrott ist nämlich der Name, den ich mir ausgedacht habe. Katharina Schrott. Lustig, oder?«

»Gut, dann bin ich jetzt an der Reihe«, sagte Franziska. »Drückt mir die Daumen.«

»Viel Glück«, wünschte Caroline.

»Ich gehe schon mal mit Caroline vor«, schlug Matilda vor. »Sie muß sich bei der anderen Fahrschule anmelden.«

»Mit einer Frau als Fahrlehrerin«, ergänzte Caroline.

»Geht ihr ruhig schon mal«, sagte Franziska. »Wir treffen uns dann bei Nino's.«

»Unsere Vendetta läßt sich doch prima an«, meinte

Matilda im Weitergehen. »Angemeldet sind wir jetzt schon mal. Willibalds Autos sind praktisch schon in ihre Einzelteile zerlegt.«

»Aber wie soll das gehen?« fragte Caroline zweifelnd. »Willibald hat doch auf der Beifahrerseite auch Bremse und Gas. Und davon macht er Gebrauch. Ständig. Bei mir jedenfalls.«

Matilda lachte zufrieden.

»Darüber haben wir schon nachgedacht. Franziska und ich«, erklärte sie. »Ich zeig dir, was wir machen werden.«

Sie griff in ihre Jackentasche und holte einen Tennisball hervor.

»Den klemmen wir unter sein Bremspedal. In einem unbeobachteten Augenblick, natürlich. Und dann können wir mit seinem feinen Auto machen, was immer wir wollen.«

Caroline war beeindruckt.

»Ich kann es gar nicht erwarten«, meinte sie. »Aber ihr müßt mir versprechen, daß ihr vorsichtig seid.«

Matilda versprach es.

»Wenn Willibald keines seiner beiden Autos mehr zur Verfügung hat, ist er ruiniert«, sagte sie. »Das wird ihm seine Versicherung nicht abnehmen, zwei Unfälle am selben Tag. Deine Vendetta wäre damit auf jeden Fall erledigt. Ich wünschte, mir würde für Felix etwas genauso Gemeines einfallen.«

* * *

»Also, Sie wollen bei uns den Führerschein erwerben?« fragte der stämmige Typ mit dem Goldkettchen und fuhr sich lächelnd durch das blondgesträhnte Haar.

»Vielleicht«, antwortete Franziska lieblich lächelnd. »Das hier soll ja erstmal eine Probestunde sein.«

Das also war Willibald, das Seidenhemd aufgeknöpft bis zu den Brusthaaren – mitten im Dezember. Sie fand ihn noch widerlicher, als Caroline ihn beschrieben hatte. Noch *viel* widerlicher.

»Wie war Ihr Name gleich?« wollte Willibald wissen.

»Mareike«, antwortete Franziska und zupfte an ihrem Ausschnitt herum. »Mareike Müller.«

Der Fahrlehrer musterte sie beifällig von oben bis unten.

»Freut mich, Mareike. Ich bin Will. Mir gehört der Laden hier.«

»Oh«, hauchte Franziska begeistert. »Tatsächlich?« ›Mal sehen, was von deinem Laden noch übrig bleibt, wenn wir erstmal mit dir fertig sind‹, fügte sie in Gedanken hinzu.

»Ja, dann wollen wir mal«, sagte Willibald und öffnete ihr galant die Fahrertür.

»Vielen Dank«, sagte Franziska und lächelte ihn an.

Beim Hinsetzen rutschte ihr Minirock so hoch hinauf, daß Willibald beinahe einen Atemstillstand erlitt. Er konnte seinen Blick kaum von Franziskas Beinen losreißen.

Als er schließlich doch zur Beifahrerseite hinüberging, bückte sich Franziska und schob blitzschnell den Tennisball unter das Bremspedal auf Renners Seite. Dann schnallte sie sich an. Willibald setzte sich.

»Ist das Ihre erste Fahrstunde, Mareike?« fragte er.

Franziska schüttelte den Kopf.

»Ich hatte schon mal ungefähr zehn Stück«, erklärte sie. »Aber dann wurde ich krank und mußte die Sache erstmal abbrechen. Das war vor einem halben Jahr.«

»Dann wollen wir mal sehen, wieviel davon noch hängengeblieben ist«, schlug Willibald vor. »Fahren Sie einfach mal los. Und keine Angst, ich bin ja bei Ihnen.«

Franziska legte lächelnd den Gang ein, drehte den Zündschlüssel herum und steuerte das Auto langsam, aber sicher über den Ring, Richtung nördliche Stadtteile.

»Schnallen Sie sich lieber an«, sagte sie.

»Das machen Sie ja ganz hervorragend«, lobte Willibald überrascht. »Mit viel Gefühl fürs Getriebe. Ich mag Frauen, die den Schalthebel mit Gefühl zu nehmen wissen, verstehen Sie?«

»Oh, ich verstehe sehr gut«, sagte Franziska so frivol sie eben konnte.

Willibald zeigte erfreut seine Jacketkronen.

Weil seine neue Schülerin so sicher fuhr, schenkte er ihren Beinen weit mehr Aufmerksamkeit als dem Verkehr. Die hatte aber auch ein Fahrgestell, Junge, Junge!

»So, da hinten in der Sackgasse können Sie mir mal zeigen, ob Sie beim Einparken auch so ein leichtes Händchen haben«, sagte er schließlich, irgendwo in Bilderstöckchen.

Franziska checkte das Gelände. Gleich da vorne standen zwei parkende Autos und ein Hydrant, alles bestens für ihr Vorhaben geeignet. Hier war Industriegebiet, und die Straßen waren menschenleer. Vormittags waren hier alle bei der Arbeit. Und gleich um die Ecke hatte sie eine Bushaltestelle gesehen. Ideale Bedingungen also.

»Sehen Sie die Lücke da vorne, Mareike? Zwischen der Straßenlaterne und dem Mercedes?«

Franziska nickte. Jetzt ging's los. Sie gab Gas.

Willibald, der entspannt in seinem Sitz gelehnt hatte, setzte sich mit einem Ruck kerzengerade.

»Nicht so schnell«, sagte er und legte seinen Fuß auf das Bremspedal.

Franziska drückte das Gaspedal durch. Sie fuhr mit Schwung an dem ersten der beiden parkenden Wagen vorbei und nahm dessen Außenspiegel mit. Der Mercedes davor bekam eine volle Breitseite ab.

»Stooooop!« brüllte Willibald und trat wie wild auf sein Bremspedal, das natürlich nicht funtionierte.

Und da war sein schönes Auto auch schon frontal gegen den Hydranten gefahren. Franziska blieb nicht sofort stehen, sondern fuhr langsam weiter, so daß der halb umgekippte Metallblock mit dem Unterbau des Wagens schreckliche Dinge anstellen konnte. Es knirschte und schepperte fürchterlich. Willibald schlug die Hände vors Gesicht.

Franziska drehte den Zündschlüssel herum und schwenkte ihn in der Hand.

»So, das wär's«, sagte sie gelassen. »Schauen Sie mal nach, ob ich auch nah genug am Bordstein stehe?«

Willibald nahm die Hände vom Gesicht und starrte sie fassungslos und schweigend an. Franziska, die damit gerechnet hatte, daß er fürchterlich schreien und zetern und mit der Polizei drohen würde, war leicht irritiert.

»Ich hab's mir anders überlegt, Herr Renner«, sagte sie. »Ich möchte meinen Führerschein doch lieber in einer anderen Fahrschule erwerben.«

»Das Auto«, flüsterte Willibald. »Das Bremspedal hat nicht funktioniert.«

»Das konnte es auch nicht, weil ich einen Tennisball daruntergeschoben hatte«, erklärte ihm Franziska. »Ich nehme an, Sie sind für solche Fälle versichert. Wenn Sie allerdings versuchen, mir irgendwas anzuhängen, dann bekommen Sie eine Klage, wegen sexueller Belästigung und Nötigung an den Hals, von der Sie sich nie mehr erholen werden.«

»Das haben Sie mit Absicht getan!« Willibald war völlig erledigt.

»Ja, mit schönen Grüßen von meiner Freundin Caroline Bünhove. Statt erwähnter Anklage.« Franziska öffnete die Fahrertür. »Und machen Sie so was nie wieder.«

Beim Aussteigen hielt sie sich am Blinkhebel fest. Er brach ab. Franziska warf ihn Willibald in den Schoß.

»Auf Wiedersehen«, sagte sie. »Und vergessen Sie nicht: Das müssen Sie ganz allein ausbaden, sonst wandern Sie in den Knast! Ich glaube nicht, daß Ihre Annegret das so schön fände.«

Willibalds Augen glühten. Er machte eine unkontrollierte Armbewegung in ihre Richtung.

Jetzt aber nichts wie weg! Franziska schmiß die Wagentür zu und rannte zu der Bushaltestelle um die Ecke. Unterwegs fiel ihr auf, daß sie Willibalds Schlüsselbund immer noch in der Hand hielt. Sie bückte sich und stopfte ihn in einen Gulli.

»So«, sagte sie zufrieden. »Das wäre erledigt.«

Matilda und Caroline warteten schon ungeduldig an der Tür. »Und?« riefen sie.

»Das erste Auto ist schon mal nicht mehr einsatzfähig«, berichtete Franziska und strahlte. »Das mit dem Tennisball hat prima funktioniert.«

»Und Willibald? Ist der noch einsatzfähig?« wollte Caroline wissen.

»Er muß«, sagte Matilda und legte theatralisch die Hand auf ihre Brust. »In vier Stunden hat er nämlich die erste Fahrstunde mit seiner neuen, wunderschönen Schülerin Katharina Schrott. Dazu muß er dann seinen feinen, silbergrauen Mercedes aus der Garage holen.«

»Schrott! Da hast du vielleicht ein kleines bißchen übertrieben. Der wird sicher Lunte riechen, nach diesem Erlebnis mit Franziska!«

»Ach, Unsinn«, sagte Matilda. »Der rechnet im Leben nicht damit, daß so was zweimal am selben Tag passiert.«

»Ich hätte zu gern sein Gesicht gesehen«, meinte Caroline seufzend.

»Ja, das hätte sich gelohnt«, meinte Franziska. »Matilda könnte eine Sofortbildkamera mitnehmen.«

»Wir haben leider keine«, sagte Caroline bedauernd.

»Felix hat eine«, meinte Matilda. »Das heißt, er hatte eine. Ich habe sie wohl vernichtet, neulich. Aber ihr könnt das Ganze live miterleben. Wir verabreden uns einfach an der Stelle, an der ich Willibalds Auto zu Schrott fahre.«

»Das geht nicht«, sagte Franziska. »Du kannst ja nicht fahren, wohin du willst.«

»Ich kann alles«, behauptete Matilda. »Ihr könntet gleich um die Ecke vor diesem Haushaltswarengeschäft mit der unfreundlichen Verkäuferin warten. Ich werde Willibalds silbergrauen Liebling erst kurz vor der Fahrschule in eine Schrottmühle verwandeln. So lange kann er sich ruhig in Sicherheit wähnen.«

»Ich kann leider nicht«, erklärte Caroline bedauernd. »Peggy und ich müssen morgen unser Referat halten. Durch diesen ganzen Ärger haben wir noch keine einzige Zeile geschrieben.«

»Aber ich werde bestimmt da sein«, versprach Franziska. »Und anschließend trinken wir bei Nino's eine Tasse Kaffee.«

Franziska bestellte zweimal Cappuccino.

»Na, wie war ich?« fragte Matilda.

»Sie waren wunderbar, Frau Schrott«, sagte ihre Cousine und gackerte wie ein albernes Huhn. »Wie Sie den Wagen in das Schaufenster gesteuert haben, das macht Ihnen so schnell keiner nach.«

Matilda lachte zufrieden. »Und wie die Alarmanlage anging! Huh, wer hätte das gedacht. So ein schäbiges, kleines Geschäft – und so eine laute Alarmanlage. Naja, der Versicherungsschaden wird sie jedenfalls aus der Konjunkturkrise reißen.«

»Und wie schnell die Polizei da war«, meinte Franziska. »Ich habe mir beinahe in die Hosen gemacht vor Angst.«

»Ich konnte Willibald gerade noch meinen Spruch aufsagen, von wegen sexueller Belästigung und so«, sagte Matilda. »Und dann nichts wie weg.«

»Meinst du wirklich, Willibald wird uns da raushalten? Wenn nicht, kriegen wir so großen Ärger, wie wir noch nie hatten.«

»Pah«, machte Matilda geringschätzig. »Der hält die Klappe. Dem würde sowieso kein Mensch glauben.«

»Hoffentlich«, sagte Franziska. »Außerdem hat er ja unsere Namen nicht.« Sie kicherte. »Und Caroline hat ein Alibi für die Automorde.«

Matilda biß sich auf die Lippen. »Caroline hat's gut. Die hat jetzt ihre Rache. Aber ich? Felix soll schließlich auch noch dran glauben. Wenn mir was richtig Gemeines einfällt.«

»Dabei kannst du ruhig auf mich zählen. Es hat einen Heidenspaß gemacht«, sagte Franziska. »Das hätte ich nie gedacht.«

»Vielleicht sollten wir so was zu unserem Beruf machen«, überlegte Matilda. »Wir suchen über Kleinanzeigen Menschen, die sich rächen wollen, aber nicht wissen wie oder sich einfach nicht trauen. Die Vendetta GmbH, oder so.«

»Das ist sicher eine Marktlücke«, meinte Franziska. »Aber nach einer Weile könnte es langweilig werden.«

»Oh, bis es soweit ist, haben wir längst Angestellte dafür. Wir selber treten nur noch bei besonders interessanten Aktionen in Erscheinung.«

»Ich hätte heute richtig Lust, bis morgen früh zu tanzen und mit wildfremden Männern zu flirten«, erklärte Franziska aufgekratzt. »Zur Feier des Tages. Wenn wir Caroline die frohe Botschaft von Willibalds Ruin gebracht haben, ziehen wir einfach um die Häuser, hättest du Lust?«

»Au ja! Ich könnte endlich mal diesen Wahnsinns-Goldblouson ausführen. Aber Caroline arbeitet heute mit Peggy an ihrem Referat«, erinnerte sie Matilda. »Wir beide müssen allein zappeln gehen.«

»Macht auch nichts«, meinte Franziska. »Leihst du mir den scharfen Lackmini aus Florenz?«

* * *

»Ich habe Matilda gleich vor Felix gewarnt«, sagte Peggy. »Mit mir hat er mal was ganz Ähnliches versucht. Ich hatte die Arbeit, und er hat das Geld dafür kassiert.«

»Hattet ihr eigentlich mal was miteinander?« fragte Caroline. »Als ihr damals zusammen im Treppenhaus standet – an unserem ersten Unitag, weißt du noch? –, da habt ihr den Eindruck gemacht, als gehörtet ihr zusammen.«

Peggy grinste. »Ja, irgendwie schon. Felix ist kein Mann für eine vernünftige Beziehung. Aber so ab und zu für eine Nacht – solange ich mich nicht in ihn verliebe, warum nicht? Er ist nämlich wirklich nicht übel im Bett.«

Caroline seufzte. »Du und Matilda, ihr seht das mit dem Sex immer so locker. Ich kann das einfach nicht. Und zur Strafe muß ich vermutlich für den Rest meines Lebens Jungfrau bleiben.«

Peggy lachte vergnügt.

»Quatsch«, sagte sie. »Das kommt irgendwann von ganz allein. Du darfst es nur nicht erzwingen.«

»Im Augenblick ist mir auch überhaupt nicht danach. Erst diese peinliche Geschichte mit Jansen und dann auch noch der schmierige Willibald – da muß einem doch jede Lust auf Männer vergehen.«

»Das kann ich verstehen«, meinte Peggy. »Und denk mal, solche Abstinenz hat ja auch ihr Gutes. Du wirst dich jedenfalls niemals nackt auf einem Plakat wiederfinden.«

»Arme Matilda«, sagte Caroline. »Der widerliche Willibald hat jetzt wenigstens sein Fett weg, aber Felix läuft immer noch völlig ungestraft in der Gegend herum.«

Sie erzählte Peggy von ihren und Matildas Rachephantasien.

»Wir wollten Felix mit Wein und Schlafmittel betäuben, ihn nackt fotografieren und Plakate von ihm in der ganzen Stadt aufhängen. Schade, daß das nicht geht.«

»Ich habe jede Menge Nacktfotos von Felix«, sagte Peggy leichthin. »Wir waren im letzten Jahr zusammen an der Côte d'Azur und haben tagelang an malerischen Nacktstränden herumgegammelt. Ich habe ein ganzes Album voll von mehr oder weniger nackten Felixen.«

»Was? Zeig her!«

Peggy stand auf und zog das besagte Album aus dem Regal.

»Warte, hier ist es. Auf einem kann man sein – hm – Teil in allen Einzelheiten erkennen, in allen *winzigen* Einzelheiten, hahaha!«

Caroline hatte plötzlich eine Idee.

»Ist es ein scharfes Foto?« wollte sie wissen.

»In jeder Beziehung«, grinste Peggy.

»Ich meine, kann man ihn darauf erkennen?«

»Ohne jeden Zweifel. Das ist Felix, wie er leibt und lebt. Sieh doch selbst.«

Sie hielt Caroline das Album unter die Nase.

»Igitt«, rief Caroline. »Ja, das ist er. Genauso habe ich ihn mir vorgestellt. Nackt, meine ich. Wie wäre es denn, wenn wir von diesem Foto Plakate machen ließen?«

»Ich habe nichts dagegen«, meinte Peggy fröhlich. »Im Grunde habe ich ja auch noch eine Rechnung mit ihm offen. Ich und ungefähr hundert andere. Die würden sich sicher alle freuen.«

»Hast du denn die Negative noch?« fragte Caroline aufgeregt. »Und wo kann man so große Abzüge machen lassen?«

»Ich bitte dich, das war erst letzten Sommer. Und Abzüge macht dir jeder Fotoladen. Sie müssen ja nicht zwei mal zwei Meter groß werden.«

Caroline freute sich.

»Da wird Matilda aber Augen machen«, meinte sie zufrieden. »Jetzt kriegt sie ihre Vendetta doch noch.«

* * *

Felix haßte es, geweckt zu werden. Den Wecker stellte er sich nur in ganz dringenden Fällen, und ansonsten stand er erst auf, wenn er von allein wach geworden war. Das geschah selten vor zehn, halb elf vormittags. Wenn Felix aus irgendeinem Grund früher geweckt wurde, war er den ganzen restlichen Tag ekelhaft schlecht gelaunt. Das wußte Robert, und er schlich deshalb morgens immer so leise wie ein Heinzelmännchen in der Wohnung umher, um Felix ja nicht zu stören.

Felix fand das selbstverständlich. Deshalb wunderte er sich um so mehr, als er Robert an diesem Morgen so rücksichtslos lachen hörte, daß er damit auch einen Toten aus dem Schlaf gerissen hätte. Zu Unzeiten! Draußen war es gerade mal hell.

Felix zog ärgerlich die Decke über seinen Kopf. Aber es half nichts. Robert lachte wie ein hysterisches Huhn. Dann trommelte er zu allem Überfluß an seine Zimmertür.

»Komm raus, Felix. Das mußt du gesehen haben.«

Felix' Neugierde siegte über seine Verpenntheit. Er erhob sich und schlürfte aus dem Schlafzimmer.

Robert stand am Fenster und bog sich vor Lachen.

»Das ist wirklich komisch«, gackerte er. »Ich wußte gar nicht, daß du so einen kleinen hast!«

Felix eilte neben ihn ans Fenster.

»Einen kleinen was?« fragte er.

Aber da sah er es auch schon. Auf der Plakatwand gegenüber. Vorher hatte dort ein sympathischer Mann gelächelt, unter der Überschrift: Ich rauche gern. Jetzt war das lächelnde Gesicht lückenlos überklebt. Mit acht handlichen Posters, auf denen er, Felix, nackt zu sehen war. Vom Kopf bis zu den Knien. Es war ein grauenhaftes Foto. Aber messerscharf. Leider.

Die Collage war mit ebenso scharfen, knallroten Buchstaben versehen. Roberts albernes Gelächter ging in einen Hustenanfall über.

»Das ist wirklich das Lustigste, was ich seit Wochen gesehen habe«, keuchte er. »Und klein und dick ist auch nicht schick!«

Felix knurrte. »Das war diese Matilda. Und das Foto ist von Peggy. Sie hat es letztes Jahr in Saint-Maxime aufgenommen, das Biest. Wenn es darum geht, einen

Mann in die Pfanne zu hauen, halten die Weiber doch alle zusammen.«

»Ich lüge und betrüge gern«, las Robert und bog sich erneut vor Lachen. »Drum bleiben immer mehr mir fern! Ich lach' mich tot! Ich lach' mich tot!«

»Das ist gar nicht witzig«, sagte Felix. »Da steht sogar meine Adresse und meine Telefonnummer! Das ist doch wohl das Hinterletzte!«

»Lindenstraße Nummer zehn, kannst du vor meiner Türe stehen! P.S. Auch Briefbomben sind willkommen!« zitierte Robert und ließ sich, vor Lachen ganz schwach, auf das Sofa fallen. »Mensch, Felix, mit Matilda hast du echt die Falsche drangekriegt! Die hat nicht nur deine Ausrüstung zertrümmert und deinen Hintern in einen Scherbenhaufen gesetzt, sondern dich so richtig schön blamiert. Hach, daß ich das noch erleben darf!«

»Die hat sich selber blamiert mit diesen Schüttelreimen« sagte Felix grimmig. »So was Lächerliches!«

Robert putzte sich die Lachtränen von der Wange. Dann gackerte er wieder los.

»Mein Schwanz ist zwar nur kurz und dick, und kurz und dick ist gar nicht schick«, japste er. »Also, ich kann mir nicht helfen, aber ich find' das komisch.«

»Schön für dich«, knurrte Felix und verzog sich wieder in sein Bett. Dort wollte er sich für den Rest des Tages verkriechen. Aber dann begann das Telefon zu klingeln.

Das Telefon klingelte auch eine Etage tiefer. Es klingelte Matilda kurz vor neun aus dem Schlaf. Weil Freitag war und Franziska und Caroline Vorlesung hatten, war sie als einzige in der Wohnung. Seufzend nahm sie den Hörer ab. Schade, sie hatte gerade so was Schönes geträumt.

Es war ihre Schwester Anna.

»Ich mußte die Auskunft anrufen, um deine Nummer zu bekommen«, sagte sie vorwurfsvoll.

Matilda gähnte. »Tut mir leid. Ich hatte bis jetzt einfach keine Zeit, dir Bescheid zu geben.«

Anna glaubte das nicht. »In drei Monaten hattest du nicht einmal ein paar Minuten Zeit hier anzurufen?«

»Das Studium ist wahnsinnig zeitraubend, weißt du«, sagte Matilda lahm. »Und die Wohnung mußte renoviert werden.«

»Habt ihr's denn wenigstens schön warm? Ich habe ein paarmal mit Tante Elsbeth telefoniert, und sie sagt, ihr könnt unmöglich soviel Geld haben, daß ihr eine halbwegs komfortable Wohnung bezahlen könnt. Am Ende hat Onkel Karl-Heinz recht, wenn er sagt, daß ihr irgendwo ohne Heizung zur Untermiete wohnt und ein Gemeinschaftsklosett auf dem Flur benutzen müßt.«

Matilda begann unruhig mit dem Telefon durch die Wohnung zu wandern. »Natürlich haben wir es schön. Sehr schön sogar. Und vielleicht kannst du Onkel Karl-Heinz bei Gelegenheit mal ausrichten, daß es auch Wohnungen geben muß, die von ganz normalen Menschen bezahlt werden können.«

Sie nahm das Telefon mit in die Küche. Es sah ziemlich ordentlich aus, nur zwei Tassen im Spülbecken. Matilda freute sich. Heute war nämlich sie dran, Küche und Bad zu putzen.

»Ich rufe ja eigentlich wegen Weihnachten an«, fuhr

Anna am Telefon fort. »Übermorgen ist Heiligabend. Heiner und die Kinder und ich, wir würden uns sehr freuen, wenn du mit uns feiern würdest.«

Heiner, die Kinder und ich – typisch für Anna, daß sie sich selbst zuletzt nannte. Matilda hoffte, daß sie selber niemals so werden würde.

Sie seufzte. Eigentlich wollte sie alles andere lieber, als Weihnachten mit Annas Bilderbuchfamilie zu feiern, aber stattdessen hier mutterseelenallein in der Wohnung herumsitzen, wäre auch nicht gerade super.

Nach allem, was passiert war! Statt Friede und Freude würde sie ihre völlig unweihnachtlichen Rachegefühle hegen und sich betrinken oder so was. Dann doch besser sich im Schoß der Familie langweilen.

»Nett, daß ihr an mich gedacht habt«, sagte sie.

Anna freute sich, und begann ihr in allen Einzelheiten die geplante Menüfolge zu unterbreiten. Matilda wanderte gelangweilt durch die Küche. Auf dem Pappkartonküchentisch fand sie einen Zettel, den sie neugierig auseinanderfaltete.

»Liebe Matilda«, las sie. »Schau doch mal aus dem Fenster. Liebe Grüße von Caroline und Franziska, Vendetta GmbH.«

Matilda eilte zum Fenster. Was gab es denn da zu sehen? Eigentlich sah alles aus wie immer.

»Und zum Nachtisch dreierlei Mousse, Vollmilch, Zartbitter und weiße Schokolade«, sagte Anna. »Und Vater kommt auch.«

In diesem Augenblick nahm Matilda die Collage auf der Plakatwand gegenüber wahr. Achtmal Felix, splitternackt. In allen schrumpeligen Details.

»Das gibt's ja nicht!« schrie sie.

»Soll Vater etwa ganz alleine zu Hause bleiben?« fragte Anna empört. »An Heiligabend? Weihnachten ist das Fest der Liebe!«

Matilda las glucksend die Reime unter den Bildern.

»Ich bin der Felix von nebenan, mach' mich an jedes Mädel ran, mein Schwanz ist zwar nur kurz und dick, und kurz und dick ist gar nicht schick.«

Sie brach in infernalisches Gelächter aus.

»Matilda?« Annas Stimme klang besorgt.

Matilda kicherte in den Hörer. »Alles in Ordnung, Anna. Ich habe nur gerade was Komisches gesehen.«

Wer hatte nur so hinreißend schlecht gedichtet? Und wo hatten die das alberne Nacktfoto von Felix aufgetrieben? Matilda quiekte vergnügt. »Doch bin ich ja ein Fotograf, und dieses Wort macht Mädels scharf. Ich lüge und betrüge gern, doch bleiben immer mehr mir fern. Weil alle, die das wissen, woll'n nicht mal mit mir küssen. Wähl 24 30 7, dann kann ich *dich* betrügen. Lindenstraße Nummer 10, kannst du vor meiner Türe stehn. P.S. Auch Briefbomben sind willkommen.«

»Du kommst also an Heiligabend, ja?« fragte Anna.

»Ich komme nachher mal bei dir vorbei«, schlug Matilda spontan vor. »Wenn du zu Hause bist. Ich brauche dein Rezept für Fettucine con salmone. Bei uns gibt es nämlich heute was zu feiern.«

* * *

Franziska zog begeistert die Luft durch die Nase ein.

»Das riecht ja wie bei Nino's«, sagte sie. »Nur noch viel besser.«

»Das war ich«, erklärte Matilda stolz und öffnete die Küchentüre mit einer grandiosen Geste. »Gratinierte Champignons, Fettucine al salmone und Tartufo.«

Die Küche war mit Hunderten von weißen Christbaumkerzen erhellt, die Matilda überall mit Wachs festgeklebt hatte, wo Platz war. Der wackelige Pappkarton war verschwunden. Statt dessen stand dort jetzt ein richtiger Tisch auf vier Beinen, den Matilda feierlich mit einer weißen Tischdecke und ihrem eigenen italienischen Porzellan gedeckt hatte. Drei verschiedene Holzstühle gab es auch.

»Stühle!« rief Franziska. »Und ein richtiger Tisch! Der ist aber schön.«

»Das sagst du nicht mehr, wenn du siehst, wie er ohne Decke aussieht«, meinte Matilda. »Darunter ist feinstes Resopal. Er stand bei meiner Schwester im Keller. Mitsamt den Stühlen.«

»Du warst bei deiner Schwester?«

»Sie hat mich heute morgen angerufen. Sie möchte, daß ich Weihnachten mit ihnen zusammen feiere. Mein Vater kommt auch.«

»Oje«, sagte Franziska mitleidig. »Das wird sicher sehr schön.«

»Was anderes wird mir außerdem nicht übrig bleiben. Meine Mutter feiert Weihnachten mit ihrem Liebhaber in Ceylon oder sonstwo, und einen Typ mit eigener Weihnachtsfeier kann ich derzeit leider nicht vorweisen, wie ihr wißt.«

»Mein Vater hat mich noch nicht wieder in Gnaden aufgenommen«, sagte Franziska. »Wenn ich Weihnachten zu Hause feiern will, muß ich auf Knien unter den Weihnachtsbaum gekrochen kommen.«

Matilda stellte die gratinierten Champignons auf den Tisch.

»Ja, das ist eine wahrhaft fröhliche Angelegenheit, dieses Weihnachtsfest«, seufzte sie.

»Und warum feiert ihr Weihnachten nicht hier, in unserer Wohnung?« fragte Caroline. »Wir besorgen uns einen Weihnachtsbaum und verkleiden uns als Weihnachtsengel. Ich fahre nur für Heiligabend nach Kiel zu meinen Eltern, und wenn ich zurückkomme, machen wir eine echte Weihnachtsfete! Wär' das nichts?«

»Meiner Mutter wird das Herz brechen«, meinte Franziska begeistert. »Aber das ist echt eine Superidee. Wie wär' das, Matilda, wir beide an Heiligabend unter einem eigenen Weihnachtsbaum?«

»Das wäre meine Rettung«, antwortete Matilda fröhlich. »Ich sah mich schon in dieser Horrorfamilie unterm Weihnachtsbaum sitzen, als einziges sündiges Schaf mit all den artigen, kleinen Kinderlein.«

»Ich werde es meiner Mutter erklären«, überlegte Franziska laut. »Sie muß verstehen, daß ich, was meinen Vater angeht, keine Kompromisse machen kann. Vielleicht gibt sie mir ihr Rezept für Schokoladenlebkuchen. Die legen wir dann unter den Weihnachtsbaum.«

»Und ich kann was Schönes singen«, erklärte sich Matilda bereit. »Alles, was ihr euch wünscht.«

»Das wird super.« Caroline freute sich. »Bis jetzt habe ich an den Feiertagen nie etwas anderes gemacht, als mir zu Hause und bei sämtlichen Verwandten den Bauch vollzuschlagen. Diese Jahr wird es endlich mal anders!«

Die Vorspeise war köstlich. Aber die Bandnudeln mit Lachs in Sahne-Dill-Soße, die Matilda ihnen danach auftischte, waren noch viel besser.

»Ich denke, du kannst nicht kochen«, meinte Caroline fast beleidigt.

»Ich habe gesagt, daß ich es hasse zu kochen«, betonte Matilda. »Aber ich kann es natürlich.«

»Ich hätte nicht gedacht, daß du so was Hausfrauliches überhaupt tun würdest. Aber daß du es so gut kannst, überrascht mich am meisten.«

»Eigentlich gibt es nichts, was ich nicht kann«, sagte Matilda bescheiden und hob das Glas für eine längere Rede. »Ich habe euch dieses Essen gekocht, weil ich euch für meine Vendetta danken wollte. Diese Idee mit den Nacktfotos auf dem Plakat gegenüber ist großartig. Seit ich das gesehen habe, kann ich endlich wieder frei durchatmen.«

»Das Foto ist von Peggy«, erklärte Caroline kichernd. »Im Fotogeschäft konnten die nur Abzüge in fünfzig mal siebzig machen. Deshalb habe ich gleich acht machen lassen, damit die Plakatwand auch flächendeckend überklebt werden konnte.«

»Die Reime sind zum Teil auch von Peggy«, fügte Franziska kichernd hinzu. »Nur sie wußte Näheres über die Größe seines Geschlechtsteils.«

»Die überhaupt beste Aktion war das Ankleben heute nacht. Wir mußten uns von Herrn Kleinschmidt eine riesige Leiter ausleihen. Und andauernd kamen Autos vorbei. Ich bin vor Angst mindestens zwanzigmal um ein Haar von der Leiter gekippt.«

»Das war jetzt die ich weiß nicht wievielte kriminelle Handlung in diesem Monat«, sagte Franziska. »Ich finde, wir haben es in der letzten Zeit ein kleines bißchen übertrieben.«

»Das kommt davon, wenn man immer Ärger mit den Kerlen hat. So ein Singleleben ist doch eigentlich viel besser. Und ungefährlicher«

»Ja«, seufzte Franziska. »Vielleicht.«

»Ich kann das leider nicht beurteilen«, sagte Caroline. »Ich war bis jetzt nie etwas anderes als Single.«

»Auf uns«, meinte Matilda und hob wieder das Glas. »Auf unser Singleleben. Obwohl – da ist ein unheimlich süßer Cellist, von dem ich euch unbedingt erzählen muß. Er sitzt in Harmonielehre neben mir. Mit so süßen braunen Augen. Letzten Dienstag waren wir zusammen in der Mensa.«

Franziska kicherte. »Du wirst dich niemals ändern.«

Es klingelte an der Tür.

»Oh, Gott, das ist sicher die Polizei«, sagte Caroline, nur halb im Spaß. »Ich mache nicht auf.«

»Franziska geht«, bestimmte Matilda. »Das ist nämlich für sie. Es ist Cornelius.«

»Woher willst du das wissen?« fragte Franziska und sprang aufgeregt auf.

»Weil ich ihn angerufen habe«, sagte Matilda leichthin.

»Du hast was?«

»Naja«, Matilda machte ein bescheidenes Gesicht. »Ich konnte nicht mehr mit ansehen, mit welcher Unglücksmiene du hier herumgelaufen bist. Ich meine, wenn du diesen Typ unbedingt haben willst, dann sollst du ihn auch bekommen. Und er war so glücklich, der Gute. Er liebt dich wirklich, fürchte ich.«

Franziska drückte auf den Türöffner.

»Das hast du für mich getan? Wie lieb von dir.«

»Schon gut«, meinte Matilda, »Nicht, daß ich glauben würde, ihr seid füreinander bestimmt oder so was in der Art, Gott bewahre. Aber du solltest schon selber herausfinden dürfen, wie spießig und langweilig der Typ im Grunde ist.«

Franziska lächelte. »Und er hat wirklich gesagt, daß er mich liebt?«

Matilda nickte. »Aber freu dich nicht zu früh. Ich sag' nur: Baumwollripp mit Eingriff. Und erst mal seine Familie. Du wirst mich noch verfluchen, wenn du das erste Mal Eisbein mit Sauerkraut bei seinen Alten essen mußt.«

Franziska hatte gar nicht mehr zugehört. Sie hatte sich eilig in ihren Mantel geworfen und lief Cornelius im Treppenhaus entgegen.

»Wie isses doch romantisch«, rief Caroline. »Wie im Film!«

Die beiden kamen nicht wieder.

Matilda zuckte ihre Schultern. »Selber schuld, jetzt verpassen sie den Nachtisch. Und der ist mir vielleicht gelungen, sag' ich dir.«

»Alle Welt ist glücklich. Nur ich werde vermutlich für immer eine vertrocknete Jungfrau bleiben müssen«, maulte Caroline und stellte sich ans Fenster. »Soll ich dir mal was sagen? Seit Robert nicht mehr jeden Tag mit einer roten Rose vor der Tür steht, fehlt er mir geradezu. Er hat auch niemals unangenehme Annäherungsversuche gemacht, wenn ich's mir recht überlege.«

»Der läuft dir schon nicht weg. Er wohnt immer noch im gleichen Haus«, tröstete Matilda sie. »Kannst du unsere Turteltäubchen sehen?«

»Ja. Sie stehen neben der Laterne unter Felix Plakatwand und halten sich an den Händen«, berichtete Caroline. »Und jetzt küssen sie sich.«

»Laß mich mal sehen.« Matilda schubste Caroline auf die Seite. »Tatsächlich. Na, wunderbar. Das hätten wir also auch geschafft.«

»Die Glücklichen«, seufzte Caroline. »Hach, muß Liebe schön sein. Vielleicht sollte ich ja doch nicht für immer Jungfrau bleiben, was meinst du?«

Matilda lachte und legte den Arm um Carolines Schultern.

»Auf keinen Fall. Mit meiner Hilfe gehst du die Sache demnächst methodisch an«, sagte sie. »Ich bin Expertin für solche Dinge, das weißt du doch noch, oder?«

»Ja«, kicherte Caroline. »Davon werde ich meinen Kindern noch erzählen, darauf kannst du dich verlassen.«

Sie schauten schweigend aus dem Fenster. Nach einer Weile begannen kleine Schneeflocken im Lichtkegel der Laterne zu tanzen, direkt unter den acht nackten Felixen. Franziska und Cornelius waren zu sehr mit Küssen beschäftigt, um es zu bemerken. Die Schneeflocken setzten sich auf ihren Mänteln fest und bildeten eine zarte, weiße Decke.

»Sieh nur, die beiden schneien langsam ein«, rief Caroline oben am Fenster. »Ist das nicht romantisch?«

Band 12480

Barbara Noack

Die Zürcher Verlobung

Die junge Schriftstellerin Juliane Thomas steht zwischen drei Männern: Da ist ihr ehemaliger Verlobter, der ihr plötzlich wieder neues Interesse entgegenbringt. Da ist ein Schweizer Industrieller, die große Liebe auf den ersten Blick. Und das ist ein Filmregisseur, ein Mann mit allen Fehlern und Vorzügen und außerdem Vater eines Sohnes...
Und erst auf Umwegen – nach vielen amüsanten Verwicklungen – findet Juliane heraus, welcher der »Richtige« für sie ist.

Barbara Noack, geboren in Berlin, begann nach dem Studium ihre Karriere als Autorin heiterer Geschichten und Romane. Mit einer unvergleichlichen Mischung aus Humor und Melancholie eroberte sie die Herzen ihrer Leser im Sturm. Heute lebt die Bestsellerautorin am Starnberger See.

BASTEI LÜBBE